中共秦皇岛市海港区委宣传部 编

潮源 海港区的文化底蕴

民风拾遗

—乡土田园的口头创作—

典故·风俗·故事·传说

燕山大学出版社

U0731435

**图书在版编目（CIP）数据**

民风拾遗 / 中共秦皇岛市海港区委宣传部编. —秦皇岛：燕山大学出版社，2017.9
（2019.5 重印）

（溯源丛书）

ISBN 978-7-81142-477-5

Ⅰ．①民… Ⅱ．①中… Ⅲ．①民间故事－作品集－秦皇岛 Ⅳ．① I277.3

中国版本图书馆 CIP 数据核字（2017）第 258253 号

## 民风拾遗

中共秦皇岛市海港区委宣传部 编

出 版 人：陈　玉

责任编辑：孙志强

封面设计：于文华

出版发行：燕山大学出版社 YANSHAN UNIVERSITY PRESS

地　　址：河北省秦皇岛市河北大街西段 438 号

邮政编码：066004

电　　话：0335-8387555

印　　刷：北京建宏印刷有限公司

经　　销：全国新华书店

开　　本：700mm×1000mm 1/16　　印　张：14

字　　数：170 千字　　插　页：8

版　　次：2017 年 9 月第 1 版　　印　次：2019 年 5 月第 2 次印刷

书　　号：ISBN 978-7-81142-477-5

定　　价：44.00 元

秦始皇东巡群雕

打鱼船

董家口长城

1994 年拍摄的雨来散

秦皇望海祈福文化旅游节民俗表演

海港区特色美食——桲椤叶饼

海港区特色美食——海鲜

长城脚下特色民俗——逛楼

拿子峪长城上的"媳妇楼"

闯王洞

傍水崖张大将军建功处石碑

板厂峪塔

圆明山与圆明寺

董家口的大毛山城堡

人民公园里的白龙湖

# 序

　　海港区的历史很短，自 1956 年建区至今只有短短的 61 年。海港区的文脉很深，从公元前 215 年秦始皇东巡碣石、望海祈福，这片土地承载着 2200 多年的历史，可谓一个鹤发童颜的智慧长者。

　　千年的沧海桑田，形成了海港区山、海、湿地、地质奇观共融的自然环境，塑造了不可多得的生态资源。南临渤海、北倚群山的独特地理，让海港区见证了从南北朝时期北齐修筑边墙抵御胡虏，到明代军事将领戚继光重修长城的御敌史；也经历了从昔日的小渔村、小码头到改革开放、城市快速崛起的开放史，海港区在历史风云中历经沧桑，积累了宝贵的人文财富，成就了这座城市独特的文化底蕴。浩瀚的大海、起伏的群山涵养了不可多得的生态资源，也演绎出了山海相依、港城互融的文化特色。自然与人文交相辉映，生态与文明相得益彰，造就了海港区璀璨的文化气象和厚重的文化底蕴。历史格外厚爱这片幸运的土地，时代特别钟情这片宜居宜业宜游的热土。地理、历史、文学、艺术、民俗、典故，都成为海港区的文化之源。

　　在新时期的发展实践中，海港区人以历史文化为基石，不断突破创新，敞开胸怀同世界接轨，以海纳百川的气度吸纳一切新鲜事物、成功经验，并内化为前行的不竭动力，形成了"开放、包容、崇德、尚美"的海港精神。这是海港区地域文化最核心的内容，也是最具时代特点的价值追求。如果说海港文化是一条历史长河，那么海港精神就是这条长河当中最具活力、魅力的文化传承。海港区的自然环境经历了何种变迁？海港区的民间文化沿着怎样的脉络绵延至今？海港区人如何筚路蓝缕使港城呈现今日模样？作为海港区的建设者、海港精神的传承者，我们有责任回溯历史，把海港区发展之路记录好、挖掘好、整理好，让更多的人了解海港区、热爱海港区，为此，我们编写出版"溯源"这套丛书，追溯海港区历史源头，提升海港区的文化魅力，推进物质文明与精神文明协调发展，让群众共享文明成果。

回顾历史是为更好地向前走。当前，海港区正处在转型发展、跨越崛起的关键时期，新的动能正在集聚，新的业态正在孕育，新的作风正在形成，这是海港区千载难逢的历史性契机，也是海港区最接近"美丽港城"梦想的重要时期。将全省最大的城市中心区发展成全省最好的城市中心区，打造一流主城区和沿海经济增长极是每一名海港区人的使命与责任。区域的发展更需要文化的助力和支撑。编写"溯源"就是要挖掘文化底蕴、展示人文特色、弘扬海港精神，激励海港区人从历史文化中吸取养分，提高文明素养，提升城市的软实力、竞争力。如能引读者探究海港区的历史，投身港城建设，此书也就实现了它的价值。

中共秦皇岛市委常委、海港区委书记

冯国林

2017 年 9 月

# ·目　录·

第一辑

# 典故

# 秦皇岛的来历

　　秦皇岛的名字是怎么来的呢？其来源于海港区东山（即如今的秦皇求仙入海处）。当然，最早的东山只是海里的一座孤岛，并没有名字。

　　传说秦始皇自从统一了六国以后，觉得自己很了不起，因此过起了歌舞升平的生活，总是想着法儿寻快乐，人世间能够享受到的快乐他都享受到了。今天玩这样，明天玩那样，玩来玩去再也想不出新的花样了。有一天，秦始皇正在宫里发愁，大臣赵高借机向他献媚说："大王啊！您统一了六国，像玉皇大帝一样尊严，您的生活像神仙一样美，还有什么事情使大王不高兴呢？"

　　秦始皇听赵高说他像神仙一样，不由地引起了他的心事，便对赵高说："你说我的生活像神仙一样美，就让我真的过神仙生活吧。听说神仙能够长生不老，你也让我长生不老吧。"

　　赵高听秦始皇说真要过神仙生活，还想长生不老，不由得犯愁了：这神仙生活究竟是啥样儿，自己也没见过呀！再说啦，长生不老的法儿可咋想呀？待要说自己没有见过神仙生活，不知道长生不老的法儿，又怕秦始皇翻脸不认人，砍了自己的脑袋。想来想去，只好编排了一篇瞎话说："大王啊，听说在东海里有三座仙山，一座叫蓬莱，一座叫方丈，一座叫瀛洲。这三座仙山，从远处望去像明珠那样灿烂，像云彩那样美丽，山上有许多宫殿，都是用黄金白玉建造起来的。在那些宫殿里，住着许多仙人，他们能驾着云彩走路，喝的是甜甜的甘露，吃的是长生不老的仙药，所以能永远过着悠闲自在的生活。大王啊！您要长生不老，就请您降下圣旨，派人去取这仙药吧。"

秦始皇听信了赵高的一派胡言，就派人到东海里去寻找那三座仙山和黄金白玉建造起来的宫殿，求取长生不老药。可是去过的人回来说："大王啊，三座仙山是看到了，只是因为小人福薄，等船到了那边，这些仙山就沉到水底去了。海里刮起一阵飓风，把我们又吹回来了。"秦始皇听说后，又接连派了几拨人去，也都没有成功。后来，秦始皇决定亲自到海边去看一看。

那年，他带着许多文臣武将和大批人马，从咸阳出发，来到渤海边上的碣石山。在山脚下修建了行宫。秦始皇登上碣石山的仙台顶一望，哪里有什么仙山？哪里有黄金白玉建造的宫殿？只见海里云雾茫茫，天连水，水连天，前面只有一片烟波浩渺的大海。

秦始皇正在琢磨找寻仙山的办法，卫士来禀报说："行宫外面有一个叫卢生的燕人求见大王。"秦始皇早就听说卢生是一个著名的方士，一听是他来求见，急忙叫卫士请卢生进来。不多时，卫士领进一个中年人，他头戴方巾，足踏云鞋，身上穿着土布长袍，腰束一缕丝带。这人虽然长得和平常人一样，但看这穿着打扮，倒也有点超脱的风度。

卢生朝拜之后，秦始皇赏了坐，这才问他说："先生求见寡人，有何见教？"

卢生恭恭敬敬地回答："听说皇上到这里来求取长生不老药，小生知道哪里有药。"

秦始皇忙说："先生既然知道，就请赐教。"

卢生说："从前有个叫羡门子高的人，在此得道成仙。听说他已经过了海，在仙山里住着，我和他有一面之交，情愿领着我的弟子渡海去为皇上求取长生不老药。"

秦始皇听了这番话，万分高兴，连忙说："先生若能够取来仙药，事成之后，寡人一定重赏。请问，先生什么时候能动身啊？"

卢生说："为了表示诚意，我要斋戒沐浴，向神仙祈祷三天，置办珠宝法器，三天后启程。此外，我要找一个沙软潮平的地方入海。"

秦始皇听了卢生的话，赶紧叫人领卢生沐浴更衣，为他置办珠宝法器，又派出大批人马四处找寻适合入海的地方。

三天后，有一队人马回报说："在碣石山东北八十多里的海岸上，发现一个翡翠般的海岛，那里风小浪平，适于船只航行。"秦始皇立刻派人随卢生去做渡海准备。一切都已准备好之后，秦始皇说要亲自送卢生入海。秦始皇来到小岛上一看，只见岛上密生着苍松翠柏，一片碧绿。这里风平浪静，海边的细沙像铺了一层柔软的绒毡，岛上开满了鲜花，非常好看。虽然不是什么仙山，却是一个很好的所在。秦始皇不由赞叹道："寡人游遍天下，经历了许多名山大川，不料在此发现这样一个美丽的地方。如能长久住在这里，也可算做神仙了。"

这天夜里，秦始皇就住在小岛上了。第二天一早，卢生和他的弟子共二十多人，带着许多珠宝、干粮和水果，分乘三只小船，乘着徐徐的东风，扯起帆篷划船入海。秦始皇在小岛上看着小船越来越远，这才十分满意地带领人马，回到行宫。

卢生等人入海几天后，既没有找到仙山，更没有采到仙药，但是他们也知道秦始皇的厉害，如果采不回长生不老药，秦始皇一定不会饶过他们，估计连脑袋也保不住。于是卢生撒了一个大谎。他用黄缎子伪造了一份像符咒那样的仙书，上面写着"亡秦者胡也"几个字。说这是从仙山上得来的，是海里的仙人对秦王朝命运所作的预言。秦始皇果然听信了，就派大将蒙恬负责修筑万里长城，以防胡人来犯。

秦始皇求长生不老药虽然一无所得，却意外地发现了这座伸入渤海里的小岛。后人在岛上秦始皇站过的地方刻碑为记。碑上刻的字迹为"秦皇求仙入海处"。这个美丽的小岛也就因此得名为秦皇岛。再后来，随着海水的退却，小岛和陆地连成一片，这片陆地也被人称为秦皇岛。

（郭继汾 搜集整理）

# 秦皇拜荆的故事

明代蒋一葵的《长安客话》，记述了一则《秦皇拜荆》的故事：

秦始皇三十二年（公元前215年），始皇东巡碣石，乘船入海求仙，来到海岛（今海港区东山），岛上草木丛生。秦始皇在前面走，护驾大臣及卫兵跟在后面，旌旗招展，浩浩荡荡。走着，走着，忽然，始皇朝南下跪，纳头便拜。后面随从的官兵不知就里，看见皇帝跪下，谁敢不跪，于是，呼啦啦跪了一地，把草都压平了。众人屏住呼吸匍匐着。只听得秦始皇祷告说："弟子嬴政诚惶诚恐，敬告吾师在天之灵，恩师督责，激励众生，大恩大德，永世不忘。"稽首拜毕，他恭恭敬敬地站起来，官兵也都站了起来。大家定睛细看，哪里有什么恩师，只是长在地上的一片荆条。秦始皇看到李斯等人目瞪口呆的样子，解释说："朕见荆条，忆幼时玩嬉，怠于读书。恩师用荆条鞭笞过，以后才知上进。今见荆条，倍加思念严师，岂能不拜？"

说来也怪，秦皇岛上的荆条，原来是直立着长的，自从秦始皇拜过以后竟然都"面北偃伏"，像还礼的样子。

（康群 搜集整理）

# 秦始皇泰山封禅与渡海求仙

　　秦始皇横扫六合，实现了大一统，号令天下，真是一呼百应，唯我独尊。此时他感觉到做皇帝真好，至高无上，威风八面，没有什么办不成的事儿，想来就有一样他做不到，那就是长生不老。一提到生老病死，他就顿觉心情不畅，大臣们谁要提到他的死，他就气不打一处来。他时刻梦想着能把这个皇帝永远当下去，与天地共存，万寿无疆，那该多好啊！古时候将皇帝称为"万岁"就是从那个时候开始的。

　　自打秦始皇萌生长生不老的欲念后，就屡命大臣们想尽办法寻找延年益寿、长生不老之方，同时也收罗了不少的江湖术士、怪异之人，要他们炼制丹药。因这，他也没少受江湖骗子的糊弄。于是相国吕不韦进言说："皇上，要想长生不老，必须要得到神人的帮助，成为半仙之体，才能不受生死和轮回之苦。"

　　闻听此言，秦始皇大喜，问道："如何才能得到神的帮助呢？说给寡人听听。"吕不韦说："得到神人的帮助，那可不是一朝一夕的事儿，得慢慢来，比如说，泰山是五岳之尊，那是神仙常常造访的地界，过去三皇五帝，只要是圣明的国君，没有一个不到泰山去封禅的。封禅是为什么？说白了就是讨好神仙，求得神仙的信任和帮助。"

秦始皇听后说:"那好办,传令下去,近日寡人就去泰山封禅。"

于是,秦始皇下令从泰山附近的齐鲁圣贤之地选出七十多位博学多才的儒生,又招募了一些熟知泰山情况的人,让这些人跟随左右,听从差遣。准备就绪后,封禅队伍浩浩荡荡地由国都咸阳起程。

这日来到泰山脚下,只见车轮滚滚、尘土飞扬,秦始皇就要上山,齐鲁儒生劝阻说:"皇上呀,古时历朝历代的国君来泰山封禅,都是用蒲草把车轮包上,唯恐硬车轮伤了圣山之草木土石,车过后,还要把路扫干净。就是席地休息或用膳,也要用秸秆或草铺在地上才能坐,这是对泰山和神仙的尊重。古往今来,都是这样的。"秦始皇听了,就说:"那就按古法办吧。"

可是时令不对,秦始皇平时很专横跋扈,临到封禅也没人跟他说封禅都需准备什么,都有什么规矩。秦始皇呢,也认为到泰山封禅,也就是登登山,拜拜神,没有什么烦琐。可是到了泰山脚下,这规矩可就来了,七十多儒生,七嘴八舌,说什么的都有。这蒲草、秸秆到哪里去找?这时,也有的随从对秦始皇说:"别听这些读书人瞎说八道,哪有这些规矩,他们是想借皇上封禅的机会提高自己的地位,提高他们家乡泰山的名声,他们居心不良,欺皇上不懂。"秦始皇一听气冲牛斗,说:"还不把这些没用的东西都给我赶出去!"

赶走齐鲁儒生后,封禅队伍驱车上山了。不一会儿,天色骤变,阴云密布,雷声轰鸣,大雨劈头盖脸地下了起来。队伍无法前行,只能停了下来,可是雨越下越大,下了一天一夜也没有停下来的迹象。在停车的不远处，只见山体活动，泥石流开始落了下来，而且不止一处有泥石流，彻底阻断了上山的路途。被他赶走的齐鲁儒生听到此事后，没有不讥讽秦始皇的，都说秦始皇无德，不遵守古训，泰山的神仙不欢迎他，天怒人怨，才阻断了路途。

万般无奈，封禅只得告吹。

秦始皇封禅未成。可他听说渤海离此不甚远，传说中的蓬莱、方丈、瀛洲三神山就在渤海中。于是，他离开泰山，东游至海，沿着海边往东一路寻找，遇有庙宇名山就祭拜，以求成仙之道。一路上，他听到很多的传说，传说有人到海上求仙药，入海不远，就遇到海上起风，风刮着船漂泊，到了三神山近前，老远见到诸位仙人和长着长生不老药的神树都在。仙岛上的各种物品，以及猪、狗、鸡、鸭等动物都是白色的，房屋房舍都是黄金白银做的。可是到了地方，那三神山就沉到水下去了，这个去求取仙药的人没有那个命啊！

秦始皇听后，就信以为真，他认为自己贵为皇上，肯定是有这个命运的。于是，他迫不及待地派人选了些童男童女，由一个挺有学问的名叫徐福的人率领着船队去求取仙药，徐福选中了从秦皇岛海岸下海，可是一去就再也没回来。后来，秦始皇又不止一次来秦皇岛海边，盼望遇到仙人，能求得海中三神山的长生不老丹药。可长生不老之药始终没能找到，自己却死在了寻找仙药的路上。从那以后，人们就把秦始皇派人求仙入海的地方叫作"求仙入海处"了。

（张保学　搜集整理）

# 秦始皇鞭石

海港区北部的一座山口处，有一尊奇特的石头，只见丈八高的大石头，从顶端到底部垂直分成两半儿，中间直溜溜的一道窄缝，直裂到底，如刀削斧劈一般齐整，人们管这块石头叫"试剑石"，或"刀劈石"。但传说它既不是剑砍的也不是刀劈的，而是当年秦始皇用"赶山鞭"抽的。

相传，秦始皇为求长生不老术，费尽了心机，想尽各种办法都无从获得。为求丹药他也不知杀了多少大臣，最后徐福自告奋勇到海上为皇上求取不老仙丹，还带去了五百童男童女。可是已经过了一年有余，去取仙丹的人如泥牛入海，杳无音讯。于是，秦始皇总是到渤海边徐福出海处等待，时刻盼望徐福能带回长生不老丹药来。

话说这一天，秦始皇又到海边遥望，正为徐福活不见人死不见尸，长生不老丹药毫无着落而感到烦躁的时候，忽见从东边跑来一群白绵羊，由一位白胡子老头扬鞭赶着。待走得近了，秦始皇才看清是咋回事，眼前的情景令他惊讶不已：我的妈耶！这哪是绵羊，分明是一堆大石头，在老人的驱赶下这些石头一直向西滚去。秦始皇赶忙问道："老人家，你是神人吧？"

老人点点头说："始皇帝说对了，我若不是神仙，怎能赶得了石头呢？"

秦始皇又问道："仙人，那么你赶这么多石头去做什么呢？"

白胡子老头边用鞭子驱赶边说："这附近的海岸不够齐整，弄些石头来修补修补，整齐点受看不是？"

秦始皇心里一亮说："那么仙人，我想到海上日出的地方去，看一看日头是怎么从海里出来的，能把这鞭子借给我驱赶石头修一座通往海里的桥吗？"

神人说："能是能，只是我的赶山鞭只能是为心诚善良的人受用，心诚则灵嘛，不知道始皇帝心诚否？"

"扑通"一声，只见秦始皇跪在神人面前说："神人，我作为一国之君，最体恤天下百姓，最关心天下苍生，为了我大秦子民日夜操劳，还有我这么善良和诚心的吗？请把鞭子借我一用，我想看看太阳是怎么出来的，能不能让天下没有寒冷的冬日和炎热的夏日，能不能找到让我的国土永远五谷丰登的良策，这可是天下最大的善事呀！请把鞭子借给我吧。"

神人很受感动，就把赶山鞭借给了秦始皇。

秦始皇接过鞭子，千恩万谢，便急不可耐地就去驱赶石头到海里搭桥。可是神人驱赶石头，石头滚动得飞快，而他挥鞭赶石头，石头却慢腾腾地，半天也滚不了几个身儿。你想啊，神人说，此鞭只为心诚者和善良的人受用。可是秦始皇呢，为争霸天下，到处侵略，吞并了六国，对不同政见者大开杀戮，焚书坑儒，为求自己长生不老，杀人无数。这次他要驱石修桥，哪是为百姓苍生，而是他听说徐福在日出的地方，他是想到那个地方看一看徐福找到长生不老药没有，全是为了自己的私念。因此，赶山鞭到了他的手里，也就不那么灵验了。神人见状在旁说："看来你这位始皇帝呀，是对人心不善，见人心不诚啊！"

秦始皇听了心中不高兴，很气愤地把鞭子抽向石头，只见石头流出血来，说啥也不走了，怎么赶也不动了。秦始皇一着急，忘记方向了，鞭子向回去的方向挥去，这一赶不要紧，不光石头如飞地往回走，就连山峰也向海的北面移去，神人一见不好，就大喝一声"停"，山才停止了移动。这时，山峰已向北跑出二十几里。等山石停下来，被秦始皇抽过的那块石头，"咔嚓"一声，从鞭痕处裂了开来，从此，永远矗立在了山坳里，成为秦始皇求仙鞭石的见证。

（张保学　搜集整理）

# 范家店因何这么出名

　　范家店，海港区管辖的一个村庄，因为紧邻秦皇岛火车站而名声显赫。虽说是个村庄，却人流如潮，热闹非凡，其繁华情景比得过市区内任何一个商业区。其实，在距今十分遥远的古代，范家店就已经很有名了，尽管当时没有火车站，可这里仍是交通要道，我国历史上的许多重要人物都曾在此经过。秦始皇、秦二世、魏武帝、隋炀帝、唐太宗等许多帝王将相都曾将足迹拓印在此。到了清代，几乎所有的皇帝都要回东北祭祖和巡察，他们都将范家店作为必经之路，有的皇帝还曾下榻于此。

　　另外，范家店出名，还因为有人在这里杀了一个很重要的人物。杀人者是谁？被杀的是谁？请听我细细道来。

　　明朝末年，闯王李自成率领农民起义军攻陷了北京，明朝崇祯皇帝无奈逃到煤山（今景山公园）自缢。为了扫清明军残部，闯王又亲率大军向京东挺进，直逼明朝大将吴三桂把守的山海关。同时，也带上了俘获的吴三桂的父亲吴襄。其实，闯王的本意是要劝说吴三桂投降的，此前也曾派人到山海关给这位著名军队首领送去劝降书和许多财宝。吴三桂心计过人，考虑到自己的家眷都在北京，如今已落入了起义军的手心里，所以答应了投降。如果事情真的这么顺理成章，那么中国明朝以后的历史恐怕就要重写了。就在吴三桂率队去北京投降的途中，从京城传来一个消息，他的爱妾陈圆圆被起义军一位大将刘宗敏霸占了，吴三桂闻讯怒发冲冠，立刻拨马返回山海关，决心与起义军势不两立。

在石河岸边，双方排兵布阵，都拿出了要决一死战的架势，一时间，号角争鸣、杀声震天、尸横遍野、血流成河。俗话说，兵败如山倒，吴三桂的兵将尽管训练有素，可毕竟京城失陷、皇帝遇难，面临的正是国破家亡的局面，因此难免心里发虚。而农民起义军连连得胜士气高涨，将士们一个赛一个的勇猛。吴三桂心里明白大势已去，便想出了一个鬼主意，他竟投降了关外的清兵统帅多尔衮。接着，开启了山海关城门，迎接清兵进入关内。于是，吴三桂和多尔衮兵合一处，向起义军发起猛烈进攻。起义军果然抵挡不住骁勇善战的清兵马队，很快溃败下来，无奈之下，闯王一声长叹，下达了退兵的命令。

起义军往西败退而走，闯王和其他一些将领越想越生气，行至范家店时，突然就想起一个人来，那便是吴三桂的父亲吴襄。只听闯王"吁"了一声勒住马，往左右一瞧，说道："来人啊，把吴襄给我带过来！"

"得令。"随着一声吆喝，有人冲过去将吴襄押解到闯王马前。"启禀闯王，吴襄带到。"

闯王双目圆睁，盯了一会儿身材发胖面带浮肿的吴襄，问道："吴襄，平西伯吴三桂的父亲大人，你可养了个好儿子啊，他竟能想到投降清兵这样的鬼主意。请问，你还有什么话要说的吗？"

此时的吴襄自知性命难保，索性把眼一闭："亡国之臣无话可说，只求一死。"

"好，我成全你。"

因为置身溃逃途中，没时间纠缠，闯王一摆手，便下令砍了吴襄的脑袋。此时此刻，他很后悔，恨自己对属下没能严加管教，不少人因为胜利而贪图享乐，以致军纪涣散，事到如今，竟因为一个陈圆圆而导致失败。"唉，莫非是天意不成？还是快点儿走吧。"说完这话，曾经威风八面的闯王李自成一扬鞭，率领着残部继续西逃。

据传说，后来在清朝得宠的吴三桂也曾来过范家店，为的是祭奠自己的父亲。

（秦化 搜集整理）

# "雨来散"的故事

如今的太阳城，是海港区最为繁华的地段，这里商家云集，品种齐备，琳琅满目，处处呈现着现代化城市具有的商业风情。然而，时光若是倒退几十年，你知道此处是个啥模样吗？

新中国成立之前，这里是个既热闹又杂乱的地方，居住着做小买卖的、打短工的、算命的、推车送水的、捡破烂儿的等各种行业的人群。同时，这里也是说书唱戏、打把势卖艺的聚集场所。因为杂乱无章的环境，人们晴天满身土，雨天一身泥，不知从何年何月起，这个地盘拥有了一个很形象的名字——雨来散。

据老一辈人讲的传说，这里发生的一个故事正应了"雨来散"这个称号。

那是在20世纪40年代中叶，从本省吴桥县来了一个杂技班子，在雨来散围起了席棚表演杂技。正巧，锦州一带的一个绰号叫夏二阎王的恶霸，刚好做完了一趟去天津保镖的买卖，返回锦州时路过此地正在歇脚，那天也带了几个随从来看热闹。因为表演走钢丝的女演员扮相俊俏又技艺高超，夏二阎王便起了歹意，这段节目刚演完，他便借着酒劲蹿进了帷幕后面，先是故作斯文地与女演员搭讪，没话找话地吹捧了一通，又说等演出结束要请女演员吃饭，随后，便厚颜无耻地伸手往人家身上乱摸。

没想到那位演员是个烈性脾气的女子，而且杂技演员大多都会武术，她怒斥了一句之后，猛地站起身，迅速挥动双臂，一下子就把夏二阎王推得倒退了好几步，随即一个趔趄"扑通"一声摔倒在地。

吃了大亏的夏二阎王恼羞成怒，他从腰间拽出匕首，一边爬起来一边高喊："来人，快来人啊！把这个烂场子给我砸喽！把这小娘们儿给我带走！"

话音未落，他的几个随从嗷地一阵乱叫便扑了上来。

一场大乱马上就要开始。

就在这危急关头，原本晴朗的天空却骤然黑了下来，猛地划出了一道闪电，随即炸响了一声霹雷，那惊天动地的雷鸣惊呆了所有的人，紧接着一阵瓢泼大雨裹挟着大风从天而降，在哗啦啦的雨声中，人们醒过劲来，那破旧的席棚哪能挡得住风雨呀，人们哄然大乱，几乎是在眨眼的工夫便全都跑得无影无踪了。

真是苍天有眼哪，这下可好，场子不用砸了，人也没法抢了，夏二阎王等人呆愣了一会儿，个个都变成了落汤鸡，也只好跑回客栈躲雨去了。第二天雨过天晴，他带人再去雨来散，哪里还有席棚子的踪影呢？他只得生着闷气回老家了。

后来，目睹了或听说了那场风波的人都说，好一个雨来散，真正是雨来散哪。

（轻尘 搜集整理）

# 耀华的故事

## 耀华名字的由来

在中国的工业史册上，咱们海港区有很值得骄傲的一页，屋子的"眼睛"——玻璃，由这里的"耀华"首家生产。就是说，中国人在海港区举起了第一张机器制造的玻璃原片。多少年来，这座"玻璃城"拥有一句连远东地区都骄傲的广告词：东方的太阳从这里升起，中国的玻璃在这里诞生。

那么，这个机器制造玻璃厂，为啥叫"耀华"呢？说来话长。

中国有四大发明，可是，能让屋子长出"眼睛"的事儿比四大发明晚多了，这还不是咱中国人的发明。1903年，一个叫埃米尔·弗克的人发明了一种制造玻璃的新办法，用一个有槽的大熔炉熔化玻璃液，再把玻璃液往上引，拉成的玻璃又宽又平又薄，当时就把这种机器制造玻璃的生产方式叫"垂直引上法"，把这种平板玻璃叫"弗克法玻璃"。弗克是比利时人，专利当然是人家国家的。而咱们中国，那时是用火烧出玻璃液之后，还得靠人工用嘴吹，才能做出一些玻璃用品。正是这一年，清末权臣李鸿章的幕僚、两江总督周馥的第四个儿子周学熙去日本考察"工商币制"，催生了他"以工求富""兴学办厂""兴工振商"的治国理念，知道了比利时出现了机制玻璃，伺机引进玻璃工艺的想法在他心中萌芽。

1912 年，周学熙出任北洋政府财政总长，着手办矿、筑港、修路、设厂，这一年 6 月，他任滦矿公司正主任董事，在天津组成开滦矿务总局，并在咱秦皇岛（即海港区）设立了经理处，此时虽没得到圆梦机会，却给后来在这里办玻璃厂储备了一个股东，即滦州矿务局。从 1906 年他创办第一个启新洋灰公司开始，到耀华开办前，他的 15 家民族企业的名称，不是带"新"字就是带"华"字或者带"辉"字，后来的"耀华"，就比这样的字眼用意更明显。

那是 1921 年，开滦公司总经理英国人纳森回国度假，途中拉着周学熙去了比利时参观玻璃生产，返回后立即向开滦董事会提议在开滦经营制造玻璃。周学熙听了非常兴奋，中国这么多年来，使用的玻璃都由日本垄断着，把我们民间的小作坊工艺挤光了，这次该到了中国人也生产大玻璃、扬眉吐气的时候了。于是，他亲自敲定厂名叫"耀华"，但是当时却不知道怎么才能把专利买到手。

偏偏这时候，属于比利时国家的乌得米银行近水楼台先得月，买下了弗克发明的专利，在北京注册，并计划在距北京不远的秦皇岛建立玻璃厂，因而在布鲁塞尔成立了"秦皇岛玻璃公司"。因为在运作时碰到很多困难，而使在秦皇岛设厂的计划实施渺茫，转而想到转让专利。这家公司首先找到了滦矿，因为滦矿在秦皇岛，就提出由"开滦"设立机构。掌握滦矿权力的周学熙，紧抓这一天赐良机，一口允诺，同意由滦矿出股本，比利时方出"秦皇岛玻璃公司"的弗克法专利条件。8月达成中比联合在秦皇岛建设经营"耀华"玻璃公司的合同，12月正式签订《耀华机器制造玻璃股份有限公司华洋合股合同》。

耀华、耀华，是先有"光耀中华"之心，后有"秦皇岛"之地。

从此，他以"耀华"二字，弘扬民族自立精神，一举改写了中国没有工业制造玻璃的历史，结束了中国乃至远东国家被西方玻璃独占市场的局面。许多年之后，秦皇岛耀华集团被原国务院总理李鹏泼墨直书为"中国玻璃工业的摇篮"。

## 是谁的"一亩三分地"

话说耀华初创阶段，可够"光耀中华"的。除聘用八名比利时技术人员，其余二百多名在配料、煤气、熔制、引上、采板、切裁岗位上干活儿的都是咱中国工人，他们个个都是卖尽力气的开厂功勋。但是，外国监工却首先想从肉体和精神上奴役咱工人。

那是 1923 年 3 月，玻璃还没投产，比利时监工竟拿咱工人不当人，处处给下马威，拿技术说事儿倒好，一个外号叫"死霉仔"的工头斯梅仔，竟发展到殴打工人（康世昌）的程度，一边打一边叫喊："给我干活就得服帖我！"

看着瘦弱的兄弟被打，工人们忍无可忍，抱起团来向斯梅仔还拳头，斯梅仔气急败坏地喊："反了、反了！"抱头去找比利时人古伯。古伯是当时的总工程师，说话很有分量，就问："监督你们有什么不对吗？"

工人们反问："你们是对技术进行监督，还是对我们肉体进行伤害？"

见两个比利时人语塞，工人们又问："斯梅仔，你是因为技术问题打我们吗？再说，技术真有问题就该打人吗？"斯梅仔无法狡辩，悻悻地说："我是监工，我的一亩三分地我说了算！"这下，工人们更不让了，纷纷喊："这里到底是谁的一亩三分地？""工厂是我们开的，玻璃由我们生产！""让'死霉仔'滚回老家去！"

古伯架不住工人的反抗，嚷嚷着："开董事会解决，开董事会解决！"想用技术上的优势把大事化小。可是，在董事会上说来说去，古伯怎么都不能为"死霉仔"打人事件自圆其说，只好主动提出把他驱出工厂回国。其实，古伯是希望他这么一"将军"，厂方能因惧怕技术实力不足，把斯梅仔留下来。

没想到，工人代表回答得干脆："你们撂台我们照样出玻璃！"

事态发展没按比国人的思路来，古伯只好亲自下令把斯梅仔驱逐出耀华厂。在斯梅仔低扣着帽檐，贼眉鼠眼地离开秦皇岛后，工人们积极奋斗在岗位上。1924 年 8 月工厂的 1 号窑炉建成，8 月 5 日点火，9 月 15 日就出了玻璃。第二年，16 万标箱玻璃就销到了国内外，不仅开始了中华民族出口玻璃的历史，还进入了当年日本的玻璃市场。1927 年耀华启用本国永利碱厂的纯碱配制原料，1928 年在本地赵各庄买下二百亩硅质原料采石场，使自身拥有了主要生产原料的主动权，从原料上改写了靠进口的历史。这一年，中国工人又把修理玻璃切刀的技术学到了手，再也不用一批批把刀送到比利时去修。

在祖国的"一亩三分地"上，耀华工人真是争气！

## 国弱让日本人打了鬼主意

1936 年风云突变，这是中国玻璃工业史上极为沉重的一笔。那年 9 月，日本旭硝子株式会社暗地里买下耀华比方的全部股份，这一下，耀华从"中比合办"被动进入"中日合办"时期。这也是民族玻璃工业难以"耀华"的一段历史时期。

事情得从日本发动侵华战争说起。"九一八事变"，日本侵占东北，不断向华北扩展，比利时耀华股东此时唯恐自己在华利益受损。这种心理也事出有因，1927 年，日本旭硝子株式会社采用比利时的"弗克法"生产玻璃后，耀华玻璃受旭硝子排挤，1929年 6 月退出日本市场。尝到过日本人"厉害"的耀华比方股东，就在 1936 年一个炎热夏日，背着持实权股的中方董事会，在巴黎与日本密商，没有通知中方任何人就把耀华的比方股份转让给了日本旭硝子株式会社。

比国人违背了契约。耀华成立时，资金为 120 万银元 12000 股，股本结构是中比股份各半，中方股金的来源，在滦州矿务公司董事长周学熙的倡导下，由各股东分得红利所筹集的"新事业基金"拨交，是实实在在白花花的银子，而比方股金是拿"弗克法"专利相抵充。"弗克法"专利费为 6 万英镑（折 52.269 万银元），双方协议规定除此以外，在投入生产后，每生产一平方米玻璃要支付给原发明人提成费 4 便士，一直缴足 5 万英镑（折 40 万银元）。正因如此，特意申明比方不能以任何理由在中国境内再将专利权售给其他企业。而旭硝子不仅是中国境内办的企业，而且是偷买转让给耀华的专利的侵华国企业。

当年 11 月，大摇大摆进入耀华的日本人干的第一件事是把比利时技术人员全部解雇，立马换上日本技术人员，杉森正次当上了耀华总工程师。

违背契约的比国人没得好，咱耀华工人也遭了殃。按日方技术对 2 号窑进行大规模改造后，1 号窑被停产并长期废弃，一下子解雇了 169 名中国工人。

打耀华算盘的日本人如愿以偿。中日合办没过仨月，秋风乍起时，日本的昌光硝子株式会社奉天工场开建。1938 年，在耀华日方主张下，与昌光硝子株式会社大连工场达成协议，昌光将华北市场让与耀华作为交换条件，耀华将济南市场、东北市场让与昌光。而昌光硝子和旭硝子同系日本三菱株式会社的子公司。日本三菱株式会社在 1940 年 12 月成为耀华玻璃的华北地区包销商，1941 年 2 月又成为上海地区包括浙、湘、鄂、闽的耀华唯一销售代理人。

1941 年 12 月，太平洋战争爆发后，开滦被日本军方接管，悲哀地、彻底地结束了长达十五年的对耀华业务的代管关系。从此，耀华的经营管理全部控制在日本手中，耀华前途未卜，工人陷于水深火热的危难中。那时候，物价飞涨，公司以低于市场的价格每月售给每个工人两到三袋白面，工人吃不起白面，将其变卖或换取粗粮，成为他们生存的重要保障。但在中日合办后期，面粉断了来源，低于市场价的白面改为玉米面，还掺了橡子面，多数工人已无法维持温饱。

进入 1944 年，正值日本侵华后期，生产所需原燃料供应极度困难，正常生产难以维持，更有困苦万状的工人消极怠工、暗地反抗，因此玻璃产量大幅度下降。1945 年日本战败投降，8 月 13 日日本人全部撤离秦皇岛，10 月 23 日耀华日方将所持股票交出，中日合办时期宣告完结。

# 和日本监工对着干的小童工

1944 年，耀华厂招进 30 名小童工。

日本人是要把进厂的这 30 名童工从小洗脑，培养成为他们做事的伍长，就是监工头。首先是进行走步训练，训练他们的日本翻译也是监工，叫侯顺清，这个死心塌地的走狗天天打这些小童工。接着，日本人请耀华老师给小童工讲文化课、学日语。他们没想到，教小童工文化课和历史的王玉德老师非常爱国，抓住时机向小童工们灌输抗日精神，讲苏德战场形势、宣传进步思想，还教唱岳飞的《满江红》。第三步是让小童工到生产玻璃流水线上去见习一周，日本人分别把小童工安排在原料、熔制、引上、切裁等生产岗位上。小童工本来就对日本人印象坏，懂得了爱国主义和侵略概念的他们已经恨透了奴役耀华工人的"小日本儿"，小童工就共同拿木棍把刚出来的玻璃砸碎了。侯顺清向日本人"奏本"，日本人小林就专门盯梢童工，想抓小童工个现行。小童工们团结一致，无所畏惧，天天和小林"捉迷藏"。有一天，他们正在砸玻璃，被小林看见了，从南楼切片车间到北楼裁板场，又到 1 号窑那里，一群跑的，一个追的，直把小林追得气喘吁吁，碰巧被可恶的侯顺清看见了，一声口哨，招来一帮监工帮忙。由于童工们还是未成年的孩子，最后被他们堵住了。小林抓着孩子们连扇嘴巴带脚踹，然后就把小童工们集体给解雇了。

小林觉得这还不解气，因为为日本培养监工的计划付之东流了，就把账翻出来朝狗腿子侯顺清算，骂："巴嘎！你怎么教的他们，统统地坏了！"

在日本人面前当孙子的侯顺清憋了一肚子气，左思右想觉得哪里不对劲：求东找西地进了耀华厂的小孩子们怎么就敢砸玻璃，和小日本、我、日本的监工对着干呢？冥思苦想，他想到是第二个训练环节出了问题，就来到耀华学校转悠。在教室窗下听到王玉德老师正讲日本即将战败的形势呢，他就找到王老师呵斥："你怎么教的学生？告诉你，你教的那些小煤黑子，全叫我们给开除了！"王老师一气之下，辞职离开了秦皇岛。

　　不久，日本侵略者投降了，小童工们才又回到了耀华。可是，他们再也没见到王老师，学校的人说他去了重庆。其中一个叫赵维州的童工，一直忘不了这位好老师，新中国成立后曾打听到他的情况，王玉德老师先去了成都，后来又去了台湾，曾是台湾一家钢铁公司的协董。

（王巨　搜集整理）

# 义 院 口 关

明洪武十四年，大将徐达发燕山等卫屯兵一万五千一百人，修山海关、永平、界岭等三十二关，义院口关就是在这时候修的。因为义院口是长城防线上的一道重要关口，朝廷曾在这里设立提调署，并派重兵把守。据说"义院口"这个名字还是朝廷给起的呢，一层意思是希望守军全体将士尽忠尽义，另一层意思是此地四面环山，形似大院，所以起了这个名字。

万历七年，塞外敌军曾两次派重兵攻打义院口。

敌军第一次攻打义院口时，守关的是一位姓韩的提调官。他打起仗来身先士卒，活像一只猛虎，一口气杀死了两员敌将和几十个士兵。因敌众我寡，虽然守住了关口，但也遭到了重创，韩提调也身受重伤。他临咽气的时候嘱咐士兵们说："我死了之后，你们不要埋葬我，把我的尸骨抛到城外的小河边上，好让弟兄们记住，只要有明军在这里把守，绝不允许敌人越过这条小河一步。"说完这话就闭上了眼睛。从此以后，士兵们为了继承他的遗志，以他为榜样，不管是病死的还是饿死的都把尸骨抛到河边。

敌军再次进犯义院口时，士兵们看到河边的片片白骨，便激起了巨大仇恨，打起仗来个个视死如归，奋勇杀敌。这次战斗双方伤亡惨重，但敌军始终没能越过小河一步。打扫战场时，士兵们把双方的尸体堆到了河边。

数年之后，诗人范志完来到义院口，重温当时战况，不免壮怀激烈，当即写了一首《出义院口看屯》，诗中写道："四月青葱八月黄，边城内外举霞觞。逢人莫问河边骨，且喜今朝稻满筐。"

（佟涛 搜集整理）

# 董 家 口

据《抚宁县地名志》记载，董家口原来叫等将口，为什么叫等将口呢？在这一带流传着一些动人的故事。

当时在修这一段长城的时候，主将一直都没有到位，由一个副将指挥。那时候有八个营的士兵在这里修长城。当时士兵是由全国各地征调来的，说好了服役期为五年。这个副将对士兵们说："主帅说了，如果你们提前把这段长城修完了，并且修得既坚固又漂亮，就让你们提前回家。"

修城将士使出全身解数，日夜奋战在修城工地上。他们把石头磨平对缝，比金字塔石间缝隙还小，这样做出的石基可以说密不容针。敌楼的样式也各有不同，有三通道两券室的，有两通道三券室的，有两通道四券室的，有三通道三券室的，有三通道四券室的，还有一个大券室的。从平面角度说建筑有厂、回、日、目、田、双目、口等形状，并且敌楼顶全部建有瞭望亭。那楼梯也各有特色，有单梯，有双梯，还有不设阶梯设软梯的。

为了把敌楼修得更漂亮，楼门的券脸石和柱石上又刻上了美丽的花纹。这花纹是谁设计的呢？还得从大毛山北敌楼门上的双狮绣球说起。当时有一个从浙江金华府来的石匠，结婚刚三天就被征来，临别时妻子把两双精心绣制的鞋垫交给了他，可是他从来没舍得用，每天见物思人，看着那双缠枝牡丹鞋垫，回味和妻子缠绵的情意；又看着那双双狮绣球鞋垫，回想结婚前和妻子快乐的时光。他想啊想，突然想起把这个图案刻在楼门上。当他刻好以后，别的楼的石匠也来参观，纷纷把妻子绣的鞋垫、母亲缝的荷包拿出来，于是这一段敌楼门上就出现了各种各样的刻字和美丽的刻花。

最数母亲缝的荷包简单，上边多为四个字，"忠义报国""人马平安"等，但它是母亲一颗企盼的心，它同儿子一起来到了边关。还有刻"犀牛望月""三阳开泰""吉祥如意""天马行空""麋鹿灵芝"的；有刻"缠枝牡丹""盘桃""梅花""菊花""松""竹""兰"的等，举不胜举。

这段长城修完了，只用了三年时间。那真是既坚固又漂亮，实用防御性能又强。他们很高兴，可以提前回家了，就去找副将。副将说："你们修得确实不错，是真好啊，既坚固又漂亮，可是关口站上那块匾还没刻上去呢。"士兵们说："那点儿活儿一个人一天就干了，再说了，你也没起名，我们刻什么呀？"副将说："我没权起名，要等主将来起名。"于是士兵们就在那里等，等啊，等啊，左等不来右等也不来。可后来等不了了，为什么呢？一来想家，二来凡修工的每天每人二斤粮，不干活儿每天只给六两粮。大伙儿一合计："不是副将说匾没刻吗，咱就给他刻上，他不敢起名咱给起名。"有个人开玩笑说："干脆就叫等将口吧！"大伙儿这个乐呀！于是带有企盼意味的"等将口"三个字就刻在了董家口水门楼墙上。

　　主将直到修完城也没来，于是副将就对大家说："军法如山，暂时你们不能回家，我看你们就帮助别的营去干吧，大家都是穷弟兄，修完长城一起回家还不好吗？"大家一商量也只好如此了。所以驻操营境内的长城都修得既坚固又漂亮，门上的花纹在整个长城上是绝无仅有的。

　　长城修完了，士兵们好像也明白了什么，懂得了什么。大伙一商量，咱不就因为回家才这么没命地干活吗？等将，等将，等到现在将也没来，还傻等什么，干脆把那匾刻成"董家口"吧！大家不说话，金华府的石匠上楼，叮当叮当几下子就改成了"董家口"。士兵们看着这三个字，一种不可言状的心情油然而生，纷纷落下泪来。

　　如果你留心，长城不论什么走向，敌楼都是朝着南方，但也不是全部正南，据说偏东南的是山东来的士兵修的，偏西南的是山西来的士兵修的，朝正南的是浙江来的士兵修的。敌楼和他们一样站在山顶上时刻遥望着家乡，也好像对人们诉说着什么。

（袁秉成　搜集整理）

# 等 将 口

董家口，原名等将口，在驻操营镇辖区内。关于地名演变原因，当地留有许多传说，这里讲的是其中之一。

明太祖朱元璋推翻元朝，统一中原后，定都燕京。那时候，古长城破坏严重。为了防止鞑靼死灰复燃，兴兵报复，建国伊始就派大将徐达从蓟州往西两千余里，修关建隘，皆设兵将驻守。洪武十四年，徐达奉旨经略古北至山海关军防，调集燕山卫屯兵一万五千多人，抽调地方工匠建城设台。待工程结束，分守齐备，徐达在山海关驻守待命。当地官员、缙绅纷纷献媚邀宠，终日酒宴不断。

一日，徐达正在帅府聚众豪饮。酒至半酣，卫兵匆匆走进来，附耳低声禀报："王爷，有一小股流寇从大猫山一带偷越入境。"徐达闻听拍案而起，喝道："大胆敌寇！敢犯吾界，火速调兵围歼。还有，将纵敌入境的守将斩首示众！"众客闻边防失守放兵入境，皆面面相觑，惊魂不定。卫兵急忙说："王爷息怒，入境胡匪已经就近歼灭，据报称匪入境处并无将领，于防守不利，请王爷委派大将镇守。"徐达舒了一口气，说："派将之事等后再议。"他挥手斥退了卫兵，继续举杯应酬宾客。宴罢已新月初升，卫兵将他扶回府衙。

过了几天，他准备功成回朝了，临行前，召集部下升帐议事。他事先写了一道奏折，申报朝廷派勇将镇守大猫山关口。明太祖阅后，见重关缺守，这还得了？他对群臣说："接到紧急边报，尚有一城无人镇守，诸卿速荐一勇将，朕授总兵之职，赐定边金印，可越权调兵。"口旨一下，西台御史王景书出班奏道："臣举一人，可当此任。"朱元璋问："王爱卿举荐何人？"王景书奏道："食君之禄，为国分忧，乃为臣之道也。臣久沐隆恩，志当竭诚效忠朝廷。臣子王能弓马娴熟，现居把总，卫护西门。臣愿代子应诏，镇守关城，为皇上效犬马之劳。"朱元璋龙心大悦："老爱卿忠心可嘉。即刻代朕传旨着令郎速到兵部领取兵符印信。然后火速赶到山海关帅府向徐老元帅报到！"王御史叩头出朝，心里这个美呀，就别提了。他本是元代遗臣，根本不受朱元璋重视，今日传旨举将，没承想几句话这个美差就落到儿子头上，还得到了朝廷的褒奖，简直是猴儿骑兔子——乐颠了。老家伙耀武扬威地来到兵部，挂号标名，手捧着兵符将印，一路前呼后拥直奔西门。王能只不过是个把总小将，现在接到册封总兵的圣旨，乐得直蹦高，心里说，这回可是屎壳郎变知了——一步登天了。

王能快马加鞭，一路紧赶，不多日就来到了山海关大帅府。徐达一看他那个稀松邋遢的熊样儿，心里就不舒服，心想："朝廷咋派这么个人儿来了，真是蜀中无大将，廖化当先锋。那廖化还是身经百战的将官。这是个啥东西呀？"但既有皇命，不敢小看，冷冷地说："王总兵一路鞍马劳乏，本当休息一日，明天再到任所，怎奈军情紧急，刻不容缓，命你速到大猫山东山口镇守。此地十分重要，鞑靼屡犯关口，望你以国事为重，严密防守，倘有疏忽，本帅定斩不饶！"这小子早听说这位定国公厉害，执法如山，手中的铜锤，上打昏君，下打乱臣。今天徐达这黑脸一沉，声色俱厉，差点吓了他一裤兜子尿，赶紧唯唯诺诺地退了出来，跟着两个拨给他带路的亲兵，抱着那枚"定边印"直奔驻地。一路上崇山峻岭，沟沟坎坎，山道崎岖，他哪经过这个呀？累得他头昏眼黑，四肢抽筋，觉得肚肠子都给颠簸出来了。

好不容易来到了大猫山下，他问亲兵："总兵府在哪儿啊？"两个亲兵笑了。一个说："我的总兵大人，您以为您这权有多大呀？您看见前边那个山凹了吗，那就是您的镇守重地，也就是两个墩台，百八十个兵，还总兵府哪，咱们就委屈点儿跟他们守墩台，住窝铺吧。"另一个接着说："大人，您别看这地界儿不起眼儿，还让别人给盯上了，前些时候就从这儿，偷偷爬过来一拨儿，那些守台的兵，吓得愣没敢动窝儿，要不怎么咱们老王爷十万火急地让皇上马上派将镇守呢？您还真得精神点儿，可千万别出娄子，不然连我们都跟着脑袋搬家。"这二位你一言我一语地这么一叨咕，弄得王总兵浑身长鸡皮疙瘩。他一瞅这鬼地方，抬头看天，低头看山，简直是八百里地没人烟，别说吃喝玩乐，手托着金宝蛋也没地方花去。什么总兵啊，还不如得个胖肿病，在家里暖被窝里趴着！这小子两眼骨碌一转个儿，仰起脑袋，拿起官腔："张三、王五听令！本镇乃皇上钦点的定边大将军，理当誓死报效朝廷。关口虽小，国之门户，墩台如雄关，窝铺赛暖阁，不图名和利，宁可裹尸还，赶快上城叫他们列队迎接！"

这两个亲兵，赶紧躬身答应，拔腿往山上跑，累得气喘吁吁，吆喝："王总兵大人到，赶快列队迎接。"守兵们一听上边派大将来了，急忙挺胸瘪肚站了两排，等候将军检阅。可是，左等也不到，右等也不来，从晌午到日头压山，脚都站麻了，也没见着大将军的鬼影。原来这位王大总兵吹了一阵大话，支走了亲兵，等他们转过一个弯，这小子把皇上给的那定边印顺手一甩，打马顺小道就溜了！

这位总兵大人哪儿去了呢？有的说他蔫不唧儿地回了老家，还有的说他怕皇上问他个临阵脱逃罪，抓他砍脑袋，钻进深山里出家当了和尚。他这一走不要紧，坑苦了那一百多个守台兵，白白等了大半天，之后又等又盼地又熬过了好些天，却一直没能盼来总兵大人。从此这个关口，就叫作"等将口"。那枚"定边印"，可是受过皇封的，后来化作了一个方方正正的石峰。早先时候当地流传着一首歌谣："大毛山，西城口，光有兵，没将守，年年都说新官到，等了几辈也没有。"

（李才　搜集整理）

# 张大将军建功处

　　石门寨镇有一处风景名胜叫傍水崖，那里有一座石碑叫张大将军建功处，因何立有此碑？请听我慢慢道来。

　　话说明朝隆庆元年九月，蒙古土蛮发十万大军攻破界岭口，先血洗了台头营古镇，又四处杀掠，杀抚宁五千余人，杀昌黎七千余人，杀卢龙五百余人。正在这节骨眼上，延绥游击将军张臣领兵赶到。敌人不知张臣率领多少人马，赶紧向口外逃窜。张臣早已料到敌军要经过傍水崖，事先设下了伏兵一千。这傍水崖地势险要，峭壁如削，峭壁下是一条大河，峭壁之上只有一条蜿蜒小路，是通往口外的必经之路。那天正赶上浓雾遮天，敌军上万骑兵刚攀上崖顶，张臣的伏兵就从侧后两面突然冲击，杀声震天，惊心动魄。敌军惊慌失措，纷纷夺路而逃。因为道窄路滑雾大，看不清道路，骑兵互相冲撞，坠崖摔死的不计其数。张臣的伏兵势如猛虎，大杀大砍，敌军的尸首坠崖后阻断了河水，河水变成了血水。这次大战张臣率部以少胜多，立下了大功。

　　蒙古土蛮吃了败仗，损失惨重，哪能善罢甘休，准备再次大举侵犯。张臣听到这消息，心里琢磨：我的兵力不足万人，要是跟敌人硬拼非吃亏不可，要是凭险坚守，跟敌人斗智，不信打不败来犯之敌。他召集部下，让大家献计策。不到两天工夫，他手下的官兵献上计策上千条。张臣亲自一一审查之后，采纳了一个老兵的计策。他立刻下令叫当地的百姓日夜突击赶做棉被，被里絮的棉花都用硫黄和火硝浸过，然后分给住在城外的老百姓保存。

这年冬天，敌人果然又大举进攻界岭口。张臣早在城墙上备足了滚木礌石、弓箭大炮。敌军一接近城墙，城上大炮齐鸣，箭矢如雨。敌人攻了一次又一次，都没攻破界岭口。敌人不肯退兵，就在离城不远的地方扎了营，随时准备再次攻城。这时西北风凌厉，天气冷得滴水成冰，敌人野营冻得受不了，便把城外百姓家的棉被都抢了来。张臣派出几个士兵到城外侦察。士兵回来报告说："咱们存在百姓家的被子被抢光了，敌人有了铺的盖的，看来一时半晌撤不了。"张臣点点头连连叫"好"。

第二天，张臣命令士兵们把所有的箭矢都蘸上硫黄，并下令各敌楼除值班岗哨之外，白天都要睡觉。一天、两天过去了，张臣还没下令出击。士兵们都不清楚是怎么回事儿，只好照军令办事，白天仍睡大觉。直到第四天晚上，风向突然变了，强劲的东南风越刮越大。张臣下令，步兵仍然守城，所有的骑兵随他一起出击。他规定了两条纪律：一、出击时不准呐喊；二、发箭矢时，先要用火种把蘸有硫黄的箭头引燃。

随着一声号令，骑兵像一阵旋风冲出界岭口。

敌军知道张臣的兵力远不及他们多，料定张臣只能凭险守城，绝不会主动出击，所以防守不严。等他们听到了马蹄声，哨兵惊慌失措地大呼小叫的时候，一支支吐着火舌的箭矢像飞蝗一样射向了帐篷。因为他们从老百姓家抢来的棉被是张臣命人特制的，见火就着，敌军的帐篷霎时燃起了熊熊大火。敌军弄不清是怎么回事，眨眼间乱作一团，有被烧死的，有被烧伤的，有幸免逃出帐篷东奔西闯"哇哇"惊叫的。张臣率领骑兵乘机冲入敌阵猛杀猛砍，杀得敌军尸横遍野，溃不成军，狼狈而逃。

张臣将军智勇双全，以少胜多，两战两捷，为百姓除了大患。敌军一提张臣的名字，个个胆战心惊。众百姓为了纪念他的丰功伟绩，在傍水崖给他建碑记功。有一碑上刻的碑文是：张大将军建功处。

（佟涛　搜集整理）

风
俗

# "逛码头"的由来

　　端午节包粽子，是中华民族流传了两千多年的习俗，据说这是为了纪念我国历史上第一位伟大的爱国主义诗人屈原。早在战国时期，楚国的政治家、诗人屈原大夫遭受排挤，他的治国主张得不到采纳，面临着国破家亡的命运，他怀着满腔悲愤跳入汨罗江自杀身亡。当时，当地渔民闻讯赶到江中去救他，却再也找不到他的身影。于是，有人将糯米团投放到江中，算是献给屈原的祭品（也有一说是为了保护屈原，用米饭喂鱼虾蟹，它们就不会去咬屈原的身体了）。因为那一天是公元前278年的五月初五，从此每年的这一天，都有人到江边去祭奠屈原，因此也就有了端午节和包粽子的习俗。

　　不过，这一习俗最初只在长江流域流行，传到地处渤海岸边的秦皇岛地区已经是许多年以后的事了。

　　秦皇岛一带的居民自古以来就有五月初五到海边望海的习俗，这一习俗最早可追溯到秦朝，不过，当时并非为了纪念屈原，而是祈盼被秦始皇派去求取仙药的徐福归来。秦始皇派徐福渡海出发那一天也是在五月初五，这和屈原的纪念日碰巧是一天，而出发的地点就是如今的东山海边。

那么，是谁把吃粽子的习俗带到渤海岸边的呢？据传说是仙人张果老。

大约是在楚汉争霸的年代，有一年赶上闹旱灾，渤海沿岸一带的农田里收成少得可怜，有些靠近山坡的薄地几乎颗粒无收。转过年冬去春来，有人外出逃荒，有人被饿死，不少人家妻离子散、家破人亡。一部分饥民聚集到了东山一带的海边，要从海里捞些鱼虾贝蟹和海菜充饥，以免遭受被饿死的厄运。然而，那时的航海技术十分落后，较深的海域人们根本去不了，靠近岸边的浅水滩又能养活多少饥肠辘辘的人呢？

尽管饱受灾难，五月初五这一天，大家还是到海边来祈福，盼着能求来一些福气，扭转悲惨的命运。这一天，正赶上仙人张果老漂洋过海，到此一游。他老人家看到岸边云集着不少灾民，立刻动了恻隐之心，于是，便巧施法术将南方地区人们投入江河里的粽子全都收拢了过来。

那天早晨，就在太阳刚刚跳出海面，为天空和大地洒下明媚光泽之际，人们看到了一件怪事，一头驴驮着一个怪物从海的深处向岸边走来。咦？这是咋回事？大海里咋会走出毛驴？它驮着的怪物又是个啥东西？有人惊恐，有人好奇，人们全都呆愣在岸边，伸长了脖子想看个究竟。

毛驴离岸近了，人们看清楚了，原来那头驴驮着的并不是怪物，而是一个人。不过，此人是倒骑着毛驴的，给人们的只是背影，所以才被误认为怪物。随着"呦——"的一声驴叫，毛驴踩着浪花来到岸上，这下人们看得更清楚了，且见那头驴周身不沾一滴水珠，骑驴的人全身的衣物更是不见丝毫的水迹。就冲这个，绝对是高人哪！人们此时全明白了，海里来的肯定是活神仙哪！没有人指挥，所有的人呼啦一下双膝跪下，有人高声喊道："求神仙保佑啊！"也有人喊："快来救救我们吧！"还有人喊得更直接："神仙，快给我们点儿吃的吧，我们都要饿死啦！"

听到喊声，张果老扭转过身子面对人群，他身着宽大的道袍，白须白发体态清瘦，好一副慈眉善目的模样。只见他手捻须髯和善地笑了几声，随后高声说道："想填饱肚子吗？到海里去摸呀，那些东西够你们吃啦。嗯……记住喽，那些能吃的东西叫——粽子！"说完，他伸手揽过驴头，猛拍了一下驴屁股，驴一溜烟儿地奔向大海，眨眼间不见了踪影。

有几个人回味着神仙留下的话，抱着"宁可信其有，不可信其无"的心思，率先下水去摸东西吃，结果在没膝深的水里就摸到了粽子，拆开芦叶包的外皮忙着往嘴里塞，真是美味啊，又香又黏，真好吃啊！其他人一见此景，立刻乱了营，发疯似的扑向大海，捞起水里的粽子狼吞虎咽。人们被饥饿折磨了许久的肠胃，此刻终于得到了满足。真是奇怪，水里的粽子并不扎堆，而是几步远一个，摆放得很均匀，海里的场面尽管混乱，人们却不拥挤。

饿昏了头的时候人们管不了许多，喂饱了肚子的时候头脑变清醒了，有人率先发问："哎，你们说刚才那位神仙是谁呀？他老人家倒骑着毛驴，该不就是八仙里的张果老吧？"

"哎，有门儿。""嗯，没错。""对呀，就是张果老啊！"人群里又是一阵嘈杂，大家很快统一了认识，一致认定那位神仙就是张果老。随后，人们再一次跪在海滩上，冲着大海连连叩头，感恩的话经久不息……

张果老为什么要把粽子撒在海里呢？一来他是借用水的力量把几千里之外的粽子搜集起来运到渤海边上的，二来粽子泡在海水里容易保存不变馊，三来他是防止饥民哄抢造成混乱。聪明的张果老啊，真不愧为神仙也。

从此以后，我们这一带的人们也有了端午节包粽子的习俗，每年的这一天，人们仍喜欢到海边聚集，也有人向海里投放一些粽子。直到近代这里修建了港口，人们还是年年来海边，形成了"逛码头"的习俗。时至今日，人们过上了好日子，端午节举办望海大会的活动越发红火了。

（纯铁 搜集整理）

# 全福楼饭店的故事

海港区道南的开滦路，曾经是秦皇岛地区最阔气的一条路，路两边排列着欧式洋房，其中有一家"全福楼"饭店，是新中国成立前秦皇岛最大，也是最阔气的中餐馆。

全福楼以包办酒席为主，讲究的是满汉全席、南北大菜。大菜讲究的是先上鸡后上鱼，叫飞鸡走鱼。对虾是一对一对的，公虾母虾各半。过去，渔民拿螃蟹不当好东西，人们可以上船随便拣，还有海螺、毛蚶等，当时都是没人爱吃的食物。有钱人讲究一点的吃燕窝、鱼翅。

全福楼开席最多的时候，是连续四个月每天开三百桌，所用的海参是一斤只称两个的铁皮海参，用的鱼翅一米多长，都是从外国的船上下来的。可见，这家饭店在当时是多么豪华，能走进全福楼的人，绝不是贫穷的普通市民。

据说，有一位经常去吃饭的老先生喜欢吃全福楼的摊黄菜，说白了就是摊鸡蛋饼，每次都是大师傅给他做，有一次师傅因为手头正忙着，就让自己的徒弟做了，然后叫跑堂的给老先生端了上去。这位先生只用筷子夹了一小点儿，就对跑堂的小伙计说："这菜不是你们大师傅做的，给我端回去重做。"能来这里吃饭的都是有身份的人，小伙计不敢顶嘴，只好把菜端回厨房。大师傅的徒弟也吓蒙了，一时不知所措。大师傅看后不慌不忙地对徒弟说："去拿个盘子来。"徒弟连忙把盘子递了过去。只见师傅将两个盘子盘口相对，一翻手，将鸡蛋饼底儿朝上翻到另一只盘子里，又对跑堂的小伙计说："端上去吧。"小伙计半信半疑地给那位先生重又端了过去。老先生又用筷子夹了那么一点儿，品尝后，用筷子指着盘子一字一句地说："这是你们大师傅做的。"小伙计悬着的心这才落地。回到厨房，小伙计和徒弟们都问师傅这到底是怎么回事，师傅说："客人吃菜吃的是火候。第一次端上的菜表面火候不足，所以人家不满意，锅底那一面火候较足，所以……"徒弟们听完都点头称赞。

新中国成立前，有一些客人到饭店吃饭，会点一些稀奇古怪的菜，以此刁难师傅，也显示自己的身份和能力。一天，一位客人到全福楼吃饭，跑堂的问："请问您点什么菜？""嗯，来一个天鹅下蛋吧！"嗯？跑堂的一听就傻眼了，赶忙跑到后堂问师傅，又说："我干跑堂的这么多年，也没听说过天鹅下蛋这道菜呀。"幸亏后厨房有个叫高瑞芝的师傅，见多识广，他不慌不忙地说："是有这么一道菜，又名清蒸鸡余丸子，将整鸡从肚子中间破开，上锅蒸好后，再把丸子放在破开的鸡膛里，然后扣到盘中，这就叫天鹅下蛋。"大伙听完恍然大悟。依此做好这道菜，果然得到客人的赞许。

新中国成立初期，宋庆龄女士莅临秦皇岛港视察时，曾在全福楼饭店用餐，她对饭店的服务水平很满意，对饭店工作人员付出的劳动表示感谢。

全福楼饭店何年开业已无据可查，遗憾的是，1952 年，饭店掌柜朱建余先生去世，其他人也因此各奔前程，秦皇岛餐饮史上显赫一时的全福楼因此倒闭了。从全福楼的兴衰史可以看出，秦皇岛的中餐菜系在民国期间就已达到了较高的水平。

（海宣　搜集整理）

# 发生在千年古镇的故事

朋友们一定看过足球比赛吧？为了让参赛双方挑选各自的半场，主裁判通常要采用掷硬币的方法，由双方队长来挑选。这和如今仍在采用的"抓阄""抽签"道理相同，在不好硬性规定的情况下，这恐怕是最"合理"办法了。

其实，这种办法在我国的清朝就用过，而且就发生在我们海港区的海阳镇，为了一座古庙的迁移，意见不同的双方就是用掷钱币的方法处理的。当然，那时候还没有人民币，他们掷的是铜钱。

海阳镇是一座具有近千年历史的古镇，早在辽金时代就有了迄今沿用的称谓，经历过元、明、清等朝代的进一步发展，逐步成为如今的城镇规模。据有关史料记载，海阳镇的中心位置原来有一座观音阁，到底是何年何月修建的已无据可考，这里香火旺盛，朝拜者众多，在科学知识并不普及的古代，这座观音阁成了许多人的精神寄托。可是，随着社会的发展、交通工具的进步、民众生活的需要，这座观音阁对交通造成了一些阻碍，因为它置身四条街中心，占地面积过大，大车很难通行（这种情况很像今天数量急剧增多的汽车），经常造成拥堵现象。

到了清朝道光年间，终于有人提议要搬迁观音阁，请观音菩

萨挪挪地方。此意一经放出，喧声四起，有人赞同，尤其那些做
买卖的和家有良田的大户们，因为这有利于生意兴隆，可谓正中
下怀，可行可行！有人反对，尤其那些思想守旧又略通些古典文
化的老正统们，庙堂圣地乃神灵之所在，岂可任意由凡人拆动？
不可不可！赞同派的代表人物有张先生、袁先生等人，反对派的
人物则是一位吴老爷子，一时间，双方各说各的理又各不相让，
闹得沸沸扬扬。其实，除了赞同派和反对派之外，还另有一派人，
那就是中间派。看看两派人马闹得不可开交，又什么问题也解决
不了，中间派的人站出来建议，既然大家谁也说服不了谁，那就
听从天意吧，诸位看看怎么样啊？

　　听从天意？怎么听啊？咱们头顶上的老天爷啥时候开口说过
人话呀？

　　嘿……中间派的代表人物贾秀才首先干笑了一会儿，从衣兜
里摸出一枚铜钱，随后说出了掷铜钱的办法，由双方先认定铜钱
的哪一面，然后将钱抛向高空，落下来后大伙儿一起查看，哪方
认定的那面朝上，就算哪方赢，拆观音阁的事就听从赢方的。这
话得到了大家赞同之后，贾秀才就请双方派代表先认定铜钱，结
果，反对派认定的是正面，赞同派自然是认定了反面。这时，贾
秀才又开口了："既然这样，请父老乡亲们看仔细嗽！"话音一落，
他将右手往上一挥，那枚铜钱蹿入高空，眨眼之后又"当啷"一
声落回地面。所有的人都瞪大了眼睛，所有人的目光都射向了那
枚小小的铜钱，大家看得清楚，朝上的正是反面！

　　啊哦……赞同派的人心头一阵欢喜。

　　也许真是天意，贾秀才把那枚铜钱连着扔了三回，结果回回

都是反面朝上，这下反对派再也无话可说了。

几天之后，由赞同派的张先生、袁先生等人组织，拆了观音阁，并在东街外重建，好多人家都出了资。事情到此并未了结，赞同派又在原址上修建了一座文昌阁，当然，这文昌阁的尺寸是认真计算的，它筑在高台上，占地合理，并建有宽敞的门洞，绝不影响交通。为此，众人交口称赞，连反对派的一些人也前来帮忙或出资。因为文昌阁楼上设有钟鼓供更夫报时之用，渐渐地，人们习惯称它为鼓楼，原来的称号倒被人遗忘了。

后来，随着年代的流逝和战乱，观音阁和鼓楼变得陈旧，不知何年何月被损毁了，如今再也见不到踪迹。

（铁锚 搜集整理）

# 圆明寺的井水能治病

　　海港区北港镇辖区内有一座圆明山，山坡上有一座寺庙叫圆明寺。据史料记载，这座圆明寺最初建于唐朝，在明朝的成化、万历年间，清朝的乾隆年间和民国初年都得以重修。时间延续到了新的世纪，圆明寺遗址又得到了重新修建，其设计规模和建筑质量都是空前的。如今，在圆明寺院内仍然有两件古迹，一是一株存活了六百多年的古柏树，二是一口古井，据说这口井早在古代建寺初期就有了。

　　关于这口井，还有一个流传久远、十分神奇的故事呢。

　　话说在明朝万历年间，因为闹蝗灾粮食歉收，到了来年春播之际，当地群众几乎家家断了口粮。当时，坐落在圆明山里的东、西连峪两个村庄，是只有几十户人家的小山村，因为地形的特点，人们叫它连峪。若不是不远处的那座圆明寺，山外的人也许根本不会知道这个山村的存在。因为断了粮，连峪村的男女老少开始挨饿了，因为挨饿，人们都到山野间去挖野菜。可是，因为吃了过多的野菜，村里多一半的人都病倒了。病人浑身浮肿，周身无力，伴有呕吐和腹泻，若按现在医学的说法，那就是食物中毒了。

　　怎么办呢？那时候村民们没文化，更没有会治病的郎中，如果哪家有人生了病，都要送到离本村二三十里地远的山海关或者驻操营，请郎中诊脉抓药的。可是，一下子病倒了这么多人，在没有任何交通工具的条件下，怎么送啊？当时，村里有一位年轻的后生，乳名叫山根儿，他挑头找了几个身体尚好的人商量，各家凑了一些能值点钱的东西，又借了一头毛驴，这才到山海关请来了一位郎中。这位郎中走家串户看了几个病人，得出的结论是吃了有毒的东西所致，随后告诉山根儿等人，用石河里的海胎鱼熬汤喝，可以祛除这种病。

何为海胎鱼？这是石河里特有的一种鱼，个头虽不大，味道却鲜美，因为要到海里产卵，小鱼出生之后再游回到河里，所以人称海胎鱼。可是，捕捞海胎鱼最好在冬季，那时的鱼不爱游弋，在河的冰面上凿个窟窿，用网抄子就可以捕获。可眼下已是春末，多数的鱼都到海里"传宗接代"了，少量的鱼也是藏在水草深处或是水中的石头缝里，根本捞不着。连峪村离石河倒是不远，但是山根儿等人在河边上转悠了两天，用搬网、拉网、旋网、挂网试了多少次，就是没捞着能救人一命的海胎鱼。

到了第三天的下午，因为太累了，山根儿靠着河边一尊巨石上，想休息一会儿，不知不觉竟睡着了。蒙眬中，他觉得河面上突然泛起了一片红光，见一位老者从水面上慢步朝自己走来。老者身着黄褐色长袍，须发皆白却红光满面，脚踩波浪如履平地，走到山根儿身边停住了脚步。山根儿知是来了高人，连忙躬身施礼，老者笑呵呵地说道："好心的年轻人，吾乃药师佛下界拯救众生，你等快去圆明寺里取井水救人吧。祛病之药已融入水中，药到病除啊。哈……"

随着一阵爽朗的大笑，药师佛不见了踪影，山根儿也清醒过来。这时，他周围的几个同伴看到了山根儿做出的奇怪动作，他猛然睁开了一双大眼，翻身起来随即又屈膝跪拜，嘴里还一本正经地念叨："感谢药师佛救苦救难啊！"同伴们看着他先是发愣，然后都笑了起来："嘿，你咋的啦，中了哪门子邪啦？"

山根儿叫过来同村伙伴，把刚才的梦境叙述一遍，大家听了雀跃有声，终于抓住了治病救人的一线生机："还等什么？咱们赶快到圆明寺取水吧！"于是，人们用最快速度跑回村里，拎着几只水桶直奔圆明寺。

果然如山根儿所述，村里的病人喝下圆明寺的井水病情有了好转，没过三天，一个个真的痊愈了。喜形于色的村民们都把山根儿看成了药师佛，不少人冲着他下跪叩头，吓得山根儿不住地摆着手连连后退，"哎呀，快起来，快起来，我可不是佛呀，千万别拜我！"

过了好长时间，村里有人不管得了啥病，还习惯到圆明寺取喝井水，不过，井水中的药力已过，不管用了。

如今早已进入现代社会，科学知识得以普及，没人再信山根儿讲述的美梦了。在此奉劝大家一句，得了病还是找正经的大夫医治，不要轻信传说。

（轻尘 搜集整理）

# 地下有金子

唐朝时期，柳江一带的老百姓过着贫困的日子，人们长年累月地劳作，不是在山坡上耕种着几亩薄地，就是到山上去砍柴烧炭，即使累坏了筋骨，累弯腰，付出了终生的心血，也很难过上富裕的生活。

听说大山北面的山窝窝里能挖出金子，那里的人们生活比这里要富裕不少，引起了不少人的羡慕。由听着动心到瞅着眼热，后来就有了想法。于是，在那一年秋收之后，一些年轻人串通了好几个村子的伙伴，大家商定好了，要到北边的大山里去挖金子。定好的出发地点是石岭通向北方的出山口，时间是某月某日早晨太阳升起的时候。于是，在预定好的时间地点，五十多人组成的一支身背行李、怀揣理想的队伍向北出发了。

刚开始，大家边走边说笑，可过了大约两个时辰，说笑声越来越少，后来，便谁也不爱说话了，只是此起彼伏地不时响起人们的喘息声。要问原因其实很简单，大家走的全是山路，体力消耗很大，没有劲头说笑了。等穿过义院口，来到了素有十八盘之称的梯子岭脚下，天已经擦黑了。领头的是一位黑脸汉子，本家姓齐，乳名叫老骚，人称骚哥。他看到天色已晚，觉得夜间翻越陡峭的十八盘会有危险，便决定在小路边的一片松树林里宿营，等明天早晨再翻十八盘。

骚哥吩咐人去山沟里舀来两盆山泉水，随后大家席地而坐，掏出了各自带来的咸萝卜和玉米面饼子，开始享用晚餐。

夜幕降临，山风变得凛冽起来，于是，有几人四处找来些干树枝和茅草，拿出火石火镰，点燃了一堆篝火，大家团聚在篝火周围或坐或卧，你一言我一语唠起了闲嗑。这时，一个高亢而又浑厚的声音在人们的耳畔响起："嘿嘿，年轻人，你们这是要到哪里去呀？"

众人顺着说话声望去，借着火光，只见一位身穿灰色道袍的老者正笑盈盈地走来。细看此人，白发白须白眼眉，肤色黝黑，满脸的皱纹又深又密，可目光矍铄，身板挺拔，脚步稳健，让人看不出到底有多大岁数。

骚哥连忙站起，深施一礼："哦，老人家您好啊，请这边坐吧。"

"不必客气，不必客气。"老者摇了摇手，随后从腰间摘下一只葫芦，说："山间夜晚难免阴冷，我这里备有热茶，请大家饮用，暖暖身吧。"

骚哥说了声谢谢，伸手接过葫芦，又拧开了塞子。可是他犯难了，这么个普通大小的葫芦，使劲装也盛不下二斤水，我们这么多人，够谁喝呢？面对伸过来众多的木碗、水瓢和瓦罐，骚哥硬着头皮挨着个地倒出热茶，心里想的是有多少算多少，喝不着的就拉倒。可是，奇怪的事出现了，那么多人，人人都喝到了热茶，最后骚哥自己也喝了满满一碗，有几个人还要了两次，可这位老者的葫芦仍没有倒净。这下骚哥等人明白了，眼前这位老者绝不是凡人。

等大家喝足了热茶，老者收好了葫芦，他又笑盈盈地开口了："各位壮士，如果老朽没有猜错的话，你们这是要去北边山里挖金子吧？"

"是啊。"有几个人异口同声地答道。

"哈……"老者手捻须髯，仰天发出一阵爽朗的笑声。这笑声在山谷中回荡着，余音缭绕，让人实在摸不着头脑，有人觉得心头热乎，有人觉得心里发冷，有人还起了疑心，偷偷地摸了摸藏在腰间的匕首……

老者又发话了："年轻人，听老朽一句劝吧，要挖金子并不难，何必跑那么远的路啊，你们家乡的土地里就有金子，快回去挖吧，何去何从可要仔细思量……"不等话说完，老者猛一转身，嗖的一声不见了踪影。

有人惊呆了，有人明白了。有人怀疑刚才是一场梦境，有人知道是遇见了高人。骚哥把大家召集过来几乎商议了一宿，仍未达成统一。最后，这队人马自愿分成了两拨，少数人仍坚持去北边挖金子，多数人愿意随骚哥返回家乡。去了北边的那一拨咱暂且不表，单说随骚哥回来的这些人，他们坚信那位老者的话，真的在家乡的土地上四处挖掘，最后终于有了收获，不过他们挖到的不是金子，而是黑乎乎的无烟煤。又过了好些年，煤炭被广泛使用，它的价值不断提高，这时人们才明白，原来煤炭就是黑色的金子啊。自此，煤炭又有了一个别称——乌金。

如今的柳江盆地名声显赫，已经成了造就地质学家的摇篮，进入新世纪后，被我国国土资源部批准成为秦皇岛国家地质公园。

（亚刚 搜集整理）

# 乾隆赐封沙锅店

　　石门寨镇有个村子叫沙锅店，原来的名字叫"黑沙坨"，可咋又叫"沙锅店"了呢？据说，还是大清皇帝乾隆赐封的呢。

　　乾隆喜好微服私访，常常一个人到民间来。有这么一天，他从北边下来，路过黑沙坨，见这庄里家家都在做沙锅，觉得挺有意思，就慢慢地看起来。

　　做沙锅用的泥，是人们光着脚踩出来的。兑好了黄土灰面掺上水，不断地踩，直到把泥踩得像和好的面一样。乾隆一看：我的妈呀！这人愣把土给踩出水来了，可不得了。他不知道是掺的水啊，还以为这人本事大呢。

　　到烧锅的地方，他又看傻了。烧锅的炉子和炕一样，炉床上有五个炉眼，炉眼上扣着锅坯子。在炉子的两边一头有一个风箱，是用来扇风的，是由有力气的人一手握一个，一拉一推地扇，扇得呼呼山响，炉上的火苗子也一个劲儿地蹿。

　　乾隆以为这火是那人扇出来的呢，心说：我的天，这儿的人本事也太大了，要是让他们得了势，我的江山不就完了？他越想越害怕，就赶紧往外走，没想到一步撞到碌碡上。因为他是天子，碌碡也怕啊，冒犯了那还了得？吓得翻了个个儿，由圆的变成锥形的，在地上晃了几晃，正好有个人手扶着它。乾隆问："这个是干啥的？"别人告诉他："是碾灰渣子的。"乾隆一听，心说这还得了？碾个小灰渣子就用这么大个玩意儿，这儿的人不成了精了吗？我得想法压住他们，不让他们得势。

可想啥法儿呢？全灭了吧，没个理由。他想出一个道儿：我让他们不穷不富。不穷，他们就不能造反；不富，也没心思求官。他来的时候，路过半壁店、槐树店，以为这儿也叫什么店呢，又看是做沙锅的，就给叫成沙锅店了。

从那以后，黑沙坨改叫沙锅店，在清朝统治时期，这个村也真是不穷不富。

（丁连斌 搜集整理）

# 老君顶的由来

石门寨镇房庄村四面环山，奇峰耸秀，层峦叠嶂，这里地处著名的国家地质公园——柳江盆地范围之内，其中有一座人称老君顶的山峰，是盆地中的最高峰。此地山清水秀，风光宜人，对外来游客极具吸引力。山顶上曾经有一座老君观，观外有炼丹炉，到底建于何年何月已无从考究，从当地村民讲述的故事中推测，起码不会晚于唐朝。有文字记载，在清朝的康熙、乾隆和道光年间均对老君观进行过修缮。

众所周知，太上老君在天庭之中是专事炼丹的，古典文学名著《西游记》中对太上老君用炼丹炉焚烧孙悟空的大段描写得十分精彩。那么，这位天上人间著名的炼丹专家因何与此地有了不解之缘呢？一个动人的故事至今仍在流传。

据说，太上老君在天庭中承担炼丹重任，他老人家不辞辛苦，十分精心，而且乐在其中，很愿意施展自己的本事。然而，最不愿意发生的事故还是发生了，就在还差七七四十九天一炉仙丹就要炼成之际，他发现炼丹炉炉底漏火，炉壁也出现了一道道深深的裂纹，经过细心观察，他断定那是在烧炼齐天大圣孙悟空时因炉温升得过高造成的。看来，炼丹炉已经损毁，炉内所有的仙丹面临着全部报废的危险。眼下唯一可以补救的办法是，需在九日内铸成新的炼丹炉，这样，所有的仙丹才能继续炼下去，否则，就会前功尽弃，炉内炼了近万年的仙丹将失效，那样，多年的心血白白付之东流，损失岂不是太大啦？而且玉帝也不会饶恕自己如此罪过呀。

太上老君唯恐玉帝怪罪，不敢声张，想尽快铸成新的炼丹炉，也好继续炼丹。可是，铸新炉需要大量的铜，短短的几天时间，到哪里去找啊？太上老君心急如焚，他驾起祥云，寻遍天下山川大地，寻找优质的铜石。

这天夜里，忽闻阵阵龙吟，老君俯身一望，见龙吟声来自燕山东麓余脉之处，并且此地不时冒出金色的光晕，似有大量铜石埋藏其中。于是连忙下界观看，只见一黑一白两条龙被压在一座闪烁金光的山下。老君过来问明情况，原来，这二龙因为年幼无知，见此地山光水色秀美，便尽情嬉戏游玩起来，结果碰翻了整个山体，被压住了龙身。二龙见太上老君前来，知道遇见了救星，连忙求救。

老君仔细观察了周围的环境，看到正是山体翻到后露出了大量的铜石，因此才闪烁出金光，他心中一阵惊喜，这正是踏破铁鞋无觅处，得来全不费工夫。如此说来，这两条龙还是有功劳啊！老君同意救它们，但是却提出了一个条件，要它们帮助自己将铜石铸成炼丹炉，然后放置到山顶。二龙感念老君施救之举，立刻应允了条件。于是，老君请来山神，山神巧施魔法移开了山体，二龙得救，随后，它们协助老君开采铜石，很快就铸成了新的炼丹炉并安置到了山顶。

　　这样，太上老君又重新点火继续炼丹。经过了七七四十九天，仙丹炼成，老君携仙丹重返天庭，向玉皇大帝献丹。

　　后来，人们在太上老君炼丹的山上建造了一座老君观，同时仿造了一座炼丹炉，并将此山命名为老君顶。随着岁月流逝，这些建筑物如今已经不复存在，山顶上只留下了部分遗址。不过，随着旅游项目的进一步开发，重修老君观的设想就要付诸实施了。

　　　　　　　　　　　　　　　（房村仁　搜集整理）

# 谁发明的桲椤叶饼

　　秦皇岛地区有一种别具特色的食品——桲椤叶饼。它起源于明朝，是从长城沿线流行起来的。你知道是谁最早发明的桲椤叶饼吗？有人说是民族英雄戚继光，其实不然，发明这种食品的是戚继光军中一位伙夫的妻子。

　　明朝大将戚继光担任蓟州总兵之后，不断加强北疆防务，调用了大量兵力来把守长城，同时也对长城进行了扩建和修缮，如今海港区境内的板厂峪、董家口等长城建筑，都在其中。然而，戚家军中的主力部队大部分都是随着戚继光从浙江那边调过来的，难免水土不服，北方不但气候寒冷，而且是以粗粮为主食，不少将士们吃不惯棒子面和秫米，因食欲不振而致使体质下降，这样一来，势必会影响部队的战斗力。戚继光为此很为难，他身边的一些人也跟着发了愁。

　　戚继光帐下有一个人称老霍的伙夫，是本地人，他想起了自己妻子有一手做饭的好手艺，经常用自家房后的桲椤树叶子蒸秫米面饼子的事，于是，向戚将军禀报了情况，并建议请将军准许自己回家，找妻子商议改善部队伙食的办法。戚将军听罢大喜，当即给了老霍三天假，拜托他回家找妻子，一定要商议出一个好办法来。

老霍也许并不姓霍，因为他是伙夫，整天干的事就是砍柴烧火，所以大家都叫他"老火"，久而久之，人们就以为他真的姓霍了。老霍回到家里，一对夫妻喜得团圆，高兴之余，他对妻子讲明了戚将军拜托的事，妻子听罢轻声一笑，说："这有何难，看我的吧，我给你们来个粗粮细做，一定弄出大家爱吃的好东西来。"

于是，妻子在房前屋后采摘了不少桲椤叶，又在庭院的菜畦中割了一茬韭菜，然后动手和面。她分别做出了一些秫米面的、棒子面的和白薯面的饼，这些带馅儿的饼子裹在桲椤叶里经铁锅一蒸，清香扑鼻，不但闻着味香，吃着可口，看着也令人眼馋。夫妻俩携带着这些桲椤叶饼前去见戚继光，戚继光和几名亲兵尝了尝，都觉得特别好吃。随即将军传令，奖赏了老霍夫妻，并恳请老霍的妻子在军中逗留数日，把做桲椤叶饼的手艺传授给军中所有的伙夫。"得令——"老霍妻子学着亲兵的样子抱拳领令，把在场的人全逗笑了。

从此，桲椤叶饼成了驻守长城将士们爱吃也经常能吃到的食物，后来，当地的老百姓也学会了桲椤叶饼的做法。明朝的统治被推翻以后，长城内外形成了统一格局，桲椤叶饼的做法又很快在长城以北流传开了。如今，桲椤叶饼经过数百年的不断改善，做法越发精良，用淀粉做皮，薄薄的既劲道又透明，包裹的馅儿是三鲜馅儿，再加上桲椤叶的清香，真是看着馋吃着香。如今的桲椤叶饼是秦皇岛十大著名美食之一，如果外地的朋友来到秦皇岛，不尝一尝桲椤叶饼那才叫遗憾呢。

（亚刚 搜集整理）

# 吃狼肉的故事

　　我国修建长城的历史可以追溯到战国时期，当时的燕、赵、秦等国，为了抵御侵扰，都曾不惜花费人力、财力、物力，大兴土木，修建长城。由此可见，在当时，长城的防御功能是十分重要的。如今仍然保存较为完好的万里长城，是明朝修建的。明朝初期，尽管推翻了元朝的统治，但是蒙古人的残余势力逃到了北方，他们占据的领土面积仍然不小，对新生的明朝政权仍然具有威胁。于是，明朝推行了"高筑墙"的政策，修建长城的任务成了重中之重。先是大将徐达领兵修建了山海关（此前叫山海卫）及其延伸至西北方向崇山峻岭中的各道关口，后来又经蓟州总兵戚继光指挥兵将继续加固和改建，使我市境内的长城形成了如今的规模。如今我们海港区境内现存的长城，都是那个时代的产物。

　　因此，也就有了一个守卫长城的官兵们吃狼肉的故事。

　　话说板厂峪一带的长城刚刚修好，不少参加修长城的青壮年变成了守卫长城的士兵。可是，当时的生活条件艰苦，有时候甚至会断粮，下级军官和士兵们都难以填饱肚子，时间长了，大家难免怨声载道。

　　在秋末冬初的一天，终于有了一个吃肉的好机会。

那天半夜，在城墙上巡逻的几名士兵发现了一个异常情况，墙外的灌木丛中不时地传出一阵又一阵的响动。开始，他们怀疑有人藏在城墙外面，是敌兵要来攻城？还是有贼人要来行窃？因为当时长城刚刚建好，还没有把各个敌楼分配给每户家庭负责维护和守卫，像后来的"陈家楼""耿家楼""王家楼"那样。于是，有人将情况报告给了一位姓边的台头。边台头是个胆大心细的年轻人，他来到了垛口边上，与几名士兵一起凭借着月光观察。先是不时地听到若有若无的脚步声，一会儿又看到枯萎的草丛不时地摇曳，台头悄声告诉士兵不要出声不要乱动，大家又悄悄地继续观察。

后来，一只狼钻出草丛，沿着城墙根来回奔跑了两趟，又一只狼出现了，同样是沿着城墙根奔跑，接着，第三只、第四只……好几十只狼出现了！狼群察觉出城墙上的人们并没有伤害它们的意思，胆子也大了，它们跑跑停停，还伴有不时地嚎叫。

边台头看明了情况，知道不是敌兵来偷袭，也就放心了，他跑到了自己的上司总管大人的住处，一五一十地禀报了情况。总管大人兴冲冲地来到城上，看明情况高叫了一声："送到嘴边的肉焉有不吃之理？"立刻派人去找来其他几个台头，让大家集合，备足弓箭，射杀狼群。有人在一旁建议道："这些箭要是都射出去，有敌人进犯时，我们该不会缺少箭用吧？"

总管大人答道："怕什么，我们的箭就射到城墙下，天一亮就能捡回来嘛。"

接下来，总管大人一声号令，数十名官兵利箭齐发，狼群一阵哀嚎，不见了踪影。等到天放亮时，总管大人派了不少人攀到城外，他们找到了十几只被射杀的狼，也捡回了大部分射出去的箭矢。随后的几天里，所有守城的官兵都饱餐了狼肉。大家兴致勃勃，就像过年一样。至于狼肉的味道如何？后人当然无法得知，不过，我们能猜想出来，官兵们一定吃得香喷喷的。

后来，一位常来山里采药的老人得知了吃狼肉的事，他向官兵们解释了狼群出现的原因。原来，狼为了保持自己身体的健壮，是要定期补充盐的，离大海近的山区或草原，狼群都有每年要喝一两次海水的习惯。因为修建了长城挡住了去海边的道路，这才出现了狼群聚集城墙下的情景。从那以后，守城的官兵们还盼着能吃到狼肉，不过却不能如愿以偿了，因为狼是比较聪明的动物，它们懂得吃一堑长一智，很快就找到了新的道路，从城墙外围往东南迂回，从老龙头的东面去海边。

时间又推移了数百年，长城内外形成了统一的格局，不同的民族共同成为中华民族的一部分，这道高高的城墙也失去了防御作用。随着年久失修，长城的不少地段已经损毁坍塌，再也挡不住狼群的出没了。

（华人 搜集整理）

# 长城侠义七兄弟

　　万里长城的董家口、大猫山、破城子一段，错落有致地分布着几座戍楼。它们的名字是：耿家楼、孙家楼、王家楼、虞家楼、陈家楼、董家楼和吴家楼。您可能会问——为什么这几座戍楼用耿、孙、王、虞、陈、董、吴姓氏命名呢？原来，这里面还有着一个轰轰烈烈的动人故事呢。

　　明朝嘉靖末年，在长城以北游牧的蒙古人东开西拓，势力日益强大，屡次侵犯边关要塞。由于边塞防务松弛，军纪涣散，导致明军战势不利，百姓更是苦不堪言。至隆庆年间，皇帝为稳固边境，急诏平倭大将军戚继光为蓟州总兵，整顿加强长城要塞防务。到任后，戚将军发现，原有的戍边将士多为老弱病残，战斗力逊于彪悍的蒙古骑兵，便决定由江浙和山东带来的三千精兵，充实蓟州防务。

　　董家口一带为关内关外之咽喉要塞，历来为兵家必争之地，因而成为长城一线的重点防卫地段，非精兵猛将无以镇守。为选拔人才，培养带兵头领，戚将军决定召开演武大会，无论军民，无论出身，各路英雄将士皆可登台一试身手。最后，董守士、耿明忠、孙富贵、王一朝、虞啸天、陈大力和吴三虎七人力拔头魁。

这七人个个武艺高强，刀马娴熟，忠肝义胆。董守士被任命为百总，坐镇董家口，全权负责此段军务，其余六人皆为台头，各统兵五十分守六座台楼。由此，这七人带领官兵和周边百姓演武练操，开荒垦田，毫不松懈，深得将士爱戴和百姓拥护，军事实力大大增强。年长日久，七人英雄爱英雄，彼此惺惺相惜，感情愈加深厚，便决定结为异姓兄弟，在大猫山下歃血为盟。"苍天在上，厚土在下，我兄弟七人今日在此义结金兰，不能同年同月同日生，但求同年同月同日死，有福同享，有难同当。"这一拜真是患难相随，誓不分开。此后，人称"边塞七义"，声名远播。

正当兄弟七人全力加强防务之时，边关战事又起，一场恶战不可避免。当日，七兄弟齐聚长城，相抱而言，众将士和百姓们也群情激昂，慷慨悲壮。再看七义士一身戎装，衣甲鲜明，每人手里一把明晃晃的鬼头大刀，刀光泛起一片青蓝，杀气腾腾，令人不寒而栗，犹如七位天神一般。火炮、火铳各居其位，弓箭手、大刀队、长枪队、板斧队各列其阵；红、黄、蓝、白、黑等各色战旗招展，好不威风。当时风起云涌，天地动容，两军对峙，蒙古兵被这震天气势吓得不知所措，竟迟迟不敢发动攻击。

日至中天，大战终于爆发了。这场战斗一直持续到黄昏日落。再看，战场之上硝烟弥漫，蔽日遮天，尸横遍野，血染山峦，残阳映照，一地赤红，人马哀嚎，火光冲天。攻上来，杀下去，再攻上来，再杀下去，半日之内，长城要塞董家口，四易其手。蒙古兵从未遇到过如此殊死抵抗，被打得丢盔弃甲，望风而逃。敌将长秃被生擒活拿，明军亦伤亡惨重，但无一人临阵退缩。冒矢雨、闯枪林、迎飞磺、踏炮火，直杀得敌人胆破心惊，最终大获全胜。此战中，老七吴三虎、老四虞啸天战死沙场，虞啸天冲锋在先，手斩敌兵将无数，血染战袍，最后不幸被炮击中，穿胸而死；吴三虎则是为救大哥董守士而被连珠箭射中，死时身躯不倒，大刀插地，怒目圆睁，死去多时，敌兵仍不敢近身。其余五人也都身负重伤，陈大力断臂一条，孙富贵身中十七刀，老大董守士左眼被射中，拔箭吞睛，直吓得贼将翻身落马被擒。此一战，蒙古兵大败而回，酋长董狐狸被迫前来请降，由此边关安定。后吴三虎之妻陈月英替夫从军，又演绎着木兰从军的巾帼故事，后人们为纪念她，便将她守卫的台楼称为"媳妇楼"。虞啸天的儿子也替父守边，军中留用。

后世的人们为纪念侠义七兄弟，缅怀他们的功绩，将他们驻守的戍楼分别称为耿家楼、孙家楼、王家楼、虞家楼、陈家楼和吴家楼，老大董守士驻守处称为董家口。其后裔子孙繁衍，建村立制。这些戍楼便一直以义士姓氏命名，留传至今。

（张义纯 孙成 搜集整理）

# 媳 妇 楼

长城年久故事多，块块砖石有传说。牧童指点"媳妇楼"，山风悲壮唱赞歌。

"媳妇楼"是咋回事？还得从戚继光说起。

戚继光从江浙调到蓟州之后，重整边军，补修长城。在东起山海关，西到昌平长达两千多里的长城防线上，建起一千座敌楼，又从山东招募来了一批新军驻守。

新军中有个名叫吴三虎的年轻人，年方十八九岁，豹头虎眼，肩宽背厚，伸出手如两柄五股钢叉，走起路来脚下生风，停住脚似半截铁塔。

这吴三虎祖籍山东郓城，自幼父母双亡，被一个串乡卖艺的老把式陈师傅收留。从此，三虎跟着师父演枪习棒。夏顶酷日，冬披寒风，一年三百六十五天，苦度寒酸时光。

这吴三虎生来天资聪明，又吃得百般辛苦，真是苍天不负苦心人，不到三载，刀枪剑戟、斧钺钩叉样样操演得精透娴熟，甚至连师父的看家本事也学到了手。

陈师傅跟前只有一女，名叫月英。她自幼跟父亲闯荡江湖，也学得一身好武艺。自从父亲收徒三虎以后，眼见三虎一天比一天出脱得魁梧英俊，月英便不知不觉地对三虎体贴起来。练武时，看到三虎出汗了，就递过一条手帕；太阳落山了，就递上一件衣衫。天长日久，父亲就看出了女儿的心事。

这年，正值戚继光派员来山东招募新军，吴三虎想：自幼学得一身好武艺，只能在卖艺场上耀武扬威，显显本事，实在太不够味儿，哪如趁此机会应征从戎，不敢妄说为国为民建树功绩，总不枉大丈夫来到世上一回吧。

师父知道了三虎应征的心事，就想：三虎应征，为国效力，应该支持；可是自己老了，女儿也大了，本想招三虎为婿，自己也有了依靠，他一走，我依靠谁？女儿又咋办？正在犯踌躇的时候，女儿和三虎一块儿来了。陈师傅心里话：我正想他俩的事，他俩倒成双成对地找上来了。也好，把话说到明处，看他俩是啥主意，随即说："你俩来了，很好！"三虎一见师父先开口，也只好直截了当地讲明自己的心事。老汉问女儿月英："你的主意呢？"女儿脸红了，在这个时候，也顾不得害羞了，说："爹，我的心事，您知道。三虎哥应征，我愿意。"老汉本来也是爱国心切，自恨年迈不能应征。今见女儿愿意三虎去，心里万分高兴，说："懂事的孩子们，你们的心意，我支持。不过，我有件心事，要跟你俩商量。"女儿问："爹！有啥心事，就说吧！"老汉道："你们爱国，我高兴，你俩的终身，我也惦着，我想今天就把你俩的终身定下，办了婚事，三虎再去应征。不知你俩意下如何？"三虎听罢，忙给师父磕了个头，叫了声："爹！孩儿愿意！"三虎和月英完婚后，这才从军入伍。

三虎随新军来到边关时，座座敌楼早已备足了军械粮草，每座敌楼上已有人把守。

当时，设有台总，台总之下，设台头、台副二人。

三虎一到，董家口台总闻知吴三虎自幼练就一身好武艺，又是自愿从戎，便极力向上请求，让三虎在董家口敌楼充任台头之职。

董家口原是万里长城防线上一道重要关隘，犹如一把巨钳，紧紧扼住由关外通向关里的要道。

三虎自登上董家口敌楼之后，除去专管楼内军械、辎重之外，还自愿协助台总率领军士演操习武，垦荒屯田，背诵戚继光亲手编写的《传烽谣》，演练举烽报警和登台迎敌的战术。

自打三虎离家之后，月英照旧跟随老父辗转江湖，逢集赶集，遇会赶会，靠卖艺为生。连年饱尝辛酸倒不在话下，只是多日听不到丈夫的音讯，实是昼不思食，夜不安寝。每到一个新地方，她必寻个高冈之处，手搭凉棚，久久向北方眺望。

老父每每看到女儿的举动，便犹如口吞铅块，心里沉甸甸的，悄悄背过脸垂下几滴老泪。又过了些日子，老父亲突然得了病，病势一天比一天重。他自知不久于人世，临终时，把女儿唤到跟前，语重心长地嘱咐女儿说："爹去世之后，你不必等什么'三七''五七'，更不要守孝'百日''三年'，把爹埋葬以后，就去边关寻你的丈夫，爹死也瞑目了。"说罢，闭上了眼睛。不管女儿如何痛哭，自奔黄泉之路而去。

再说蒙古大封建主朵颜部酋长董狐狸，自从两年前进犯喜峰口关城，被戚继光派兵左右夹击，打得屁滚尿流之后，仍不肯死心，这年又向董家口杀来。

这一天，三虎的妻子寻夫到了董家口。因为三虎平时为人和善，对下不欺，对上不阿，再加上武艺超群、谋略出众，台总一向非常器重他。今日三虎的妻子跋山涉水、千里迢迢来寻夫，便吩咐预备一顿丰盛的晚餐，还亲自在敌楼上为三虎夫妇安排了一间屋子。

谁料，吴三虎刚刚把一双筷子递到妻子手里，忽听霹雳一声，下起了滂沱大雨。他知道，越是这样的天气，越应当警惕，他放下筷子向箭窗走去。

他把身子探出箭窗，恰在此刻，一道电光闪过，惊得三虎"哎呀"叫了一声。原来他借着这道电光，看见北面的大毛山上布满了敌人的骑兵，另一股骑兵已偷袭到敌楼脚下，正搭起人梯往敌楼上爬。

三虎想立刻集合人登楼迎战，不料，台总为了让他们夫妻安安静静说说体己话，早把兵士们打发到敌楼下面屯田种菜的房子里安歇去了。他大呼几声，无人答应，赶紧回屋取了引火物，爬上楼顶要举烽报警。但此刻暴雨下得正急，他点了几次没把烽柴引着，反倒被北面大毛山上的敌兵发现了。

大毛山顶虽离敌楼较远，但比敌楼还高，算得上居高临下。敌人发现敌楼上有人举烽报警，知道偷袭行动已经被发觉，于是强弓、硬弩、铁炮、火铳一齐向敌楼射来。吴三虎还没把烽柴点着，身上早已插满了箭矢。他晃了几晃，便一头倒在血泊里。

再说月英在屋里等了一阵听不到动静，飞身追上楼顶。这时又一道闪电掠过，她借着电光一看，吓得倒退了几步，差点没昏过去。不过，她到底不枉是闯江湖的人，只愣怔片刻，便翻身跑下楼顶。她把屋里的被褥以及其他易燃之物收敛在一起，抱在怀里，先在屋里趁着灯火点着，直到熊熊大火燃了起来，才猛然冲上楼顶。常言道"火大无湿柴"，尽管天上雨大，也浇不灭那些燃旺的棉絮。眨眼工夫，便把烽柴引燃。别的敌楼看到董家口敌楼烽火骤起，迅疾举烽响应，时间不长，百里长城线的烽火台上都燃起了烽烟，把漆黑的雨夜照得通明。直到这时，月英才顾上搭救她的丈夫。

她把丈夫身上的箭镞一根根拔下来，一摸胸口，早断气了。她不由得悲痛欲绝，犹如万箭穿心，刚要哭一声"天哪"，猛然间，觉得一道黑影在她眼前一晃。她吃惊地扭头一看，哎呀，原来是一根套马杆从背后悄悄向她伸来。在这一瞬间，她由悲化怒，由怒转恨，悲恨交加，一下子激起她的侠肝义胆。只听"扑通"一声，她一个鲤鱼打挺跳将起来，伸手抓住套马杆，轻轻一提，便将一个脚下踩着人梯、一手扒着敌楼沿、一手举着套马杆的家伙拎了起来。那家伙身悬半空，吓得两条大腿乱蹬。月英冷笑一声，口里轻喝道："回老家去！"狠劲往下一掼。那家伙惨叫一声，便顺着山坡滚下万丈深渊。

董狐狸手下的将领长秃站在大毛山上，把一双眼睛瞪得如同两个铃铛，单等着偷袭董家口敌楼的兵卒成功后发出信号。可是，忽见百里长城骤然火起，紧跟着警号齐鸣，炮鼓声大作，刚刚喊声"不妙"，戚营中早有几支军马如出山猛虎，向着大毛山扑去。

长秃被董家口杀出的戚军紧紧围在山顶上，他左突右冲，好不容易才杀出重围，正想夺路而逃，忽听马前"嘿嘿"一声冷笑，借着火光，猛抬头一看，只见一个年轻女子手握长矛拦住去路。

这女子是谁？她就是三虎的妻子陈月英。她手握丈夫用过的长矛用力往后一荡，只见跑在前面那匹马长嘶一声，前蹄腾空而起，又听"扑通"一声，从马背上滚下个人来。

月英先不去理会摔下来的人是死是活，纵身一跃，跨上马背，勒缰向敌人追去。她一阵猛戳狠刺，当场十余人落马。

这一仗打完，长秃被捉，董狐狸和他的侄儿长昂率亲族三百多人投降。

董家口敌楼台总因举烽火报警及时有功，上司点名跃升三级。台总死活不受，并向上司讲述了三虎妻子的事，听说的人无不被感动得热泪双流。

戚继光的部将根据戚继光"有过则罚，有功必赏"的条款，下令赏她白银千两，送她回家过太平日子。没想到，这位为保卫边关献出自己亲人的巾帼豪杰，竟一口谢绝。她只请求一件事，就是让她留在边关，夜替壮士缝，昼为英雄炊，死入丈夫茔，生助雄关威。

她的请求获准后，她把那晚台总为他们夫妇准备的酒摆在丈夫的墓前，一声唤两行泪地说："夫啊，为妻永远不离开你了。古有花木兰替父从军，今日俺贫家女子也能替丈夫戍边。"

从那以后，当地百姓就把那座敌楼叫"媳妇楼"。事情已过去几百年了，至今"媳妇楼"的传说还在民间广泛流传着，就像那甘甜的泉水，永不枯竭，永不断流。

（张义纯　搜集整理）

# 盼 夫 泉

在董家口大猫山的路边有一眼清泉，名叫盼夫泉，泉水清凉甘洌，且有祛病健身的功效。当地流传着这样一句话：盼夫泉，凉又甜，喝了能活一百年。这汪泉水深受当地百姓喜爱。来到董家口观光旅游的人们，无不亲尝这泉水。

这泉怎么来的呢？

相传明朝隆庆年间，北方常有外族入侵，戚继光调任蓟州总兵，镇守边关，整修长城，不断加固长城防线。当时驻守大猫山戍楼的台头官名叫吴三虎。他祖籍山东，自幼拜师学艺，练得一身好功夫。三虎素有报国之志，正值戚继光到山东招募新军，结婚刚三天，三虎就告别岳父与妻子陈月英，应征入伍了，他的岳父也是他的师父。三虎武艺高强，屡立战功，深得各级将领的赏识。

一年以后，三虎岳父不幸病故。妻子陈月英既无依靠也无牵挂，就只身一人千里迢迢到边关寻找丈夫。她饥餐渴饮，一路风尘，历尽艰辛，来到了三虎驻守的董家口地界。当时的董家口一带村庄疏落，人烟稀少。月英为了早日见到丈夫，急行之间错过了住宿驿站，只好连夜赶路。到第二天中午，她终于望见了戍边敌楼。

此时正值盛夏，骄阳似火。月英高兴之余，忽然感到浑身困乏，饥渴难禁。可是一看眼前，远处群山叠嶂，近处一片荒野，到哪儿去找水呢？她找遍沟沟坎坎，一无所获。这时，她发现路边草丛中有一片潮湿的地方。于是她拔出防身匕首挖土寻泉。她挖呀挖呀，累得筋疲力尽，忽然一阵晕眩，眼前一黑，栽倒在地上。迷迷蒙蒙之中，忽然听到一个浑厚的声音叫她的名字。月英抬眼一看，一个黑面皂衣老者来到跟前。月英问："请问老伯，您是谁？来这儿干什么？"老者说："我是此地水神，人称老李。因见你饥渴交加，特来救你，不然你就会暴尸荒野了。"月英说："我只想喝水，请您……"老者说："此处地瘠山秃，要想找水谈何容易！"月英说："既然如此，我死便罢，可是守城的将士怎么办呢？您如果能把这地方变得山青水绿，我宁可用性命来换！"老者说："念你贤孝善良，心地至诚，我要你如愿以偿。你挖的土坑，只欠一刀，就有泉水涌出。孩子，醒来吧！"说完"咚"地跺了一脚不见了。

月英惊醒过来，感觉迷蒙之中的事真真切切。她爬起身，紧握匕首，对准土坑使劲一扎，只见一股泉水汩汩流出。月英喜出望外，丢下匕首，捧起泉水一口连一口喝下去。泉水入口，甘彻五内。她只觉得浑身燥热尽退，气力陡增。月英喝足泉水，万分感激地对天拜了三拜，感谢水神赐水之恩。

从此以后，董家口一带破土见水，山多高水多高，光秃秃的岭坡变成了茂密的山林，山凹也变成了草茂花繁的宝地。

到傍晚，月英爬上了戍楼，终于见到了日思夜想的郎君吴三虎。夫妻久别重逢，互叙衷肠，悲喜之泪交流，一番苦辣酸甜，难以言状。

不想，天不成人之美。就在三虎月英团聚的第二天晚上，忽然天气骤变，下起滂沱大雨。口外敌寇趁雨偷袭戍楼。三虎在恶战中不幸英勇牺牲了。月英眼见丈夫血染疆场，悲痛欲绝。但她强忍悲痛，仗着父亲传授的高超武艺，继承丈夫的遗志，奋勇杀敌，并将敌军首领生擒活捉。

陈月英掩埋了丈夫遗体，立志替夫守边。董家口台总一向器重吴三虎，今见他妻子心胸、胆识、武艺都与三虎一般无二，所以任命月英为大猫山戍楼台头。从此，董家口的守军中，添了一员女将。

月英当了台头官，尽显巾帼之风。她在戍边屯垦的同时，在将士家属中组建了一支后勤队，人们把女兵驻守的戍楼叫"媳妇楼"。媳妇楼的女兵战时参战支前，平时就在月英挖的泉水边洗衣做饭。她们天天盼望着辛劳守边的丈夫平安归来。久而久之，人们就把这眼泉水叫做"盼夫泉"，一直沿用至今。

（李景林 搜集整理）

# 故事

# 打 鱼 夫 妻

很久很久以前，陆地的面积并没有今天这么大。那时，海洋比现在还要大得多，海港区的民族路的南段、河北大街的东段、东港路的南段以及老京山铁路的一部分，都还处在一片汪洋之中。东盐务、西盐务、马坊、南李庄等不少村庄，那时还是紧邻海边的一片荒凉海滩。如今的东山（即秦皇求仙入海处），那时是距岸边几海里的一座无名的孤岛，出海打鱼的船只常在岛上歇脚。

很久以前，海边的一座渔村里住着一对年轻的夫妻，小两口儿靠打鱼为生，日子过得虽然清苦，却夫妻恩爱，情投意合。那时的海水清澈透明，空气也一尘不染。丈夫海哥生得眉清目秀、相貌堂堂，妻子伊妹更是面如桃花，赛过天堂里的仙女。夫妻俩每天出海打鱼，都是到无名岛上落脚歇息，看着他们夫唱妇随、和睦相伴，连成群的海鸥也羡慕不已，经常飞来围着他们盘旋着、鸣叫着。

后来，一件轰动天下的大事打破了这对夫妻平静的日子。

统一了天下的秦始皇东巡来到了这里，这一下不仅忙坏了当地的官员，也给老百姓的生活造成了极大的麻烦。当地官员为了仕途，向皇上献媚，说此地最美味的海鲜是对虾，恳请皇上品尝，这样能造福于百姓，还能恩泽于后人。闻听此言秦始皇龙颜大悦，表示一定要尝尝这美味的对虾，并让当地官员马上差遣渔夫去捕捞。当地官员受宠若惊，火速赶到了海哥与伊妹的茅屋前，把为皇上捕捞对虾的差事派给了他们，并耀武扬威地说道："明日天黑以前必须交上一百只对虾，如若不然，严厉治罪。"

海哥和伊妹没有办法，只得在次日清晨早早地出海了。每年的早春时节，渤海湾里的对虾又多又肥，味道甚是鲜美。不过，这个时节也正是对虾产卵的时候，所以渔民们为了保护水产资源，从来不在这个时节多打对虾，今天没别的办法，夫妻俩只能破例多打了。然而，事与愿违，今天海里的鱼虾们像是得到了海神的指令，一改往日在无名岛周围出没的惯例，游得几乎无影无踪，海哥和伊妹忙活到太阳快要落山，竟然连一只对虾也没捕到。撒出了无数次旋网，最后仅捕到三条鱼：一条平鱼，一条静鱼，还有一条鳎目鱼。在毫无办法的情况下，夫妻俩只好用这点可怜的收获回来交差。

当地官员见没有捕到对虾，先是勃然大怒，随后只得战战兢兢地押着海哥伊妹前去见皇上。秦始皇一听今晚吃不到对虾立即发怒，本想将当地官员与渔夫一同推出去斩首，可是，当他看到这对年轻夫妻漂亮的模样后，心生不忍，就改了主意，他传下话来，今日赦渔夫与官员无罪，并责令明日再次出海捕捞，若到中午时分再不能贡奉对虾，将用重刑处置。

第二天没等天亮，海哥伊妹便出海了。海哥照例撒出一网又一网，伊妹仍然不停地摇橹，可是，海中就是见不到对虾的影子，太阳已经从正南往西斜过去了，夫妻俩仍然一无所获。他们将船靠上那座无名岛,边休息边商量对策。看来,岸上的家是不能回了,那样必定是死路一条。于是,他们商量了一会儿,做出了一个远走高飞的决定。

在岸边等候很久的当地官员,站得两腿僵硬,望得两眼发直,中午时分早已过了,仍不见海哥与伊妹的小船划回来。这时,秦始皇派人来取对虾了。得知渔船未归,皇上还是吃不到对虾,便押解着那官员回去禀告。秦始皇果然大怒,下令砍了当地官员的头,随后派人立刻备船,他要亲自出海去抓打鱼夫妻问罪。时间不长,船已备好,不少官员武士都护卫着秦始皇乘船出海。众人很快登上了无名岛,但岛上并没有渔夫夫妻的身影,周围海面上也找不到他们的踪影。秦始皇怒气难平,头昏脑涨,他深深地叹了一口恶气,却说不出一句话来。

突然,一名武士手指东南方向喊道:"看,那里有一条船!"众人都瞪大了眼睛朝那边望去,只见夕阳映照的海面呈现出橙红色,朦朦胧胧中给人一种神秘的感觉,远方的小船上,两个人影像是两个小黑点,正逐渐驶入一片虚无之中。

此时,站立在无名岛上的秦始皇被远方一幕情景惊呆了,他感叹不已,远方的海面天水相连,缥缈着一股祥瑞之光,莫非那里是仙境不成?于是,派人去求仙取药的念头在他的心底更加坚定了……

因为秦始皇登上过无名岛,从此人们便将此岛称为秦皇岛。后来,由于地貌变迁,海水后退,这座孤岛终于与陆地连成了一体。

(纯铁 搜集整理)

# 红夹子也叫铁夹子

　　秦皇岛一带的海域里，能食用的海螃蟹大概有三种：一种是
梭子蟹，味道鲜美，个头较大，蟹背的两端有尖尖的角，是最有
名的海蟹。另一种叫"花盖儿"，个头比梭子蟹小，蟹背上有一
些浅色纹，背上没有那两支尖角，味道也比梭子蟹差一些。还有
一种叫"红夹子"，个头与味道同梭子蟹差不多，只是外壳又厚
又硬，尤其是那两只大"钳子"，显得格外粗壮有力。煮熟的海
蟹都呈红色，但红夹子比其他海蟹颜色都要深，用通红或深红来
形容，一点儿不过分。也许，这就是人们称它为红夹子的缘故吧。
因为"红夹子"外壳硬，两只大"钳子"粗壮有力，所以有的本
地人又叫它"铁夹子"。

　　您知道这铁夹子的别称是谁先叫起来的吗？

　　相传在很久以前，秦朝皇宫有一位年轻的武士，他武艺高强，
相貌英俊，深受秦始皇的宠爱。于是，这位武士便有幸跟随秦始
皇东巡，来到了渤海岸边的海港区东山（当时并没有海港区这一
称谓，东山也只是个坐落在海里的无名小岛）附近。这一天，武
士正在巡逻，沿着海边一路走来，正赶上落大潮，他觉得新鲜，
又有些纳闷，这海水昨天傍晚淹没了所有的礁石，今天早晨怎么
一下子退了好几里地，把礁石都露出来了呢？武士以前没见过海，

所以才感到奇怪。

这时，他听到东南边传来一阵欢笑声，抬眼一看，只见一群孩子正蹲在一堆礁石上说笑呢。于是，他走了过去，想看看热闹。这些孩子都在十来岁左右，每人手里牵着一根马莲草充作绳子，绳子的另一头拴着一些小鱼、小虾充当诱饵，孩子们把诱饵伸到水中的礁石缝隙里。不大一会儿，一个孩子用左手慢悠悠地将细绳往上拎，一只大螃蟹也随着诱饵浮出石缝，等浮到刚好接近水面的一刹那，只见孩子伸出另一只手，猛地抓住了螃蟹，随后高高举起，向其他小伙伴炫耀起来。于是孩子们又爆发出了一阵欢笑声。孩子将捕到的螃蟹放进身后一只瓦罐里，武士趁机过去观看，罐中已有七八只这样的螃蟹了。

武士看着这些天真活泼的孩子，心里挺高兴，便问道："孩子们，你们这是在干什么？"

"我们钓螃蟹呢。"一个黑脸庞的孩子告诉他。武士觉得挺有趣，便来了兴致："小兄弟，我来帮你钓一个行吗？""行啊，不过可别夹了你的手啊！"听了孩子的回答，武士笑呵呵地说："没事啊，你们小孩子都能干的活计，我难道还干不了吗？"

黑脸孩子将手中的细绳交给武士，撇了一下嘴："哼，你别吹牛，等一会儿你就知道咋回事啦，告你说，这种红夹子螃蟹最厉害，不夹哭了你才怪呢。"

武士一边蹲下来一边回答说："我一个堂堂的皇宫卫士，啥场面没见过？出生入死都不在话下，还怕什么红夹子黑夹子的，你们等着瞧吧！"说完，他学着孩子们的样子，把拴好细绳的诱饵放进了一条石缝里。一会儿的工夫，武士觉得手中绳子一沉，接着又抖动起来，他知道这是螃蟹来了，立刻兴奋起来，慢慢地拎起绳子，屏住了呼吸，就在螃蟹将要出水的时候，他猛地用另一只手抓住了螃蟹。可是，还没等他笑出声来，就觉得手上一阵剧痛，"哎哟……"只见上来的这只大螃蟹正好夹住了他的两根手指，狠狠地用着力气呢。武士急得甩动手掌，可是螃蟹却怎么也甩不掉，急得他冲着孩子们喊："快呀，快来帮帮我！"

孩子们笑着围过来，有人喊道："不要动，越动夹得越紧！"黑脸孩子拽过武士的胳膊，将他的手放进了海水里，那螃蟹到了水里马上就松开了两只"钳子"，迅速钻进了礁石缝中。"哈哈，尝到厉害了吧。"孩子们都笑了起来。

武士这回不敢亲手钓螃蟹了，他只站在旁边观战，心想，我也要看看你们是怎么挨夹的。可是，他连着看了几个钓上螃蟹的孩子，竟没有一个人被夹住手的。他只好客气地请教身边的一个孩子，在孩子连说带比划的讲解下，他才明白了这里的诀窍儿。原来，螃蟹被引上来时，孩子们并不是伸手去乱抓，而是将大拇指与食指分开，看准了螃蟹的两只后爪与其他爪子的间隙，猛地插进手指用力捏住，那正是螃蟹大爪的死角，这样，再大的"钳子"也无法施展威力了。

那位武士最后终于学会了钓螃蟹，这使他兴奋不已，在和孩子们告别时，他揉着被夹疼的手指说："什么红夹子啊，简直就是铁夹子！"

孩子们又笑了。

从那以后，"铁夹子"的名字被当地人叫开了。

（亚刚　搜集整理）

# 八仙与海市蜃楼

很久很久以前，渤海岸边还是个人烟稀少的偏远之地，不过，这里山清水秀，沙软潮平，空气也比现在新鲜得多。那时，海边的人们下海打鱼要靠小小的木板船，岸边耕种也是用人工拉犁。

初夏的一天，时常在五湖四海自在飘游的八位神仙结伴来到渤海游玩，他们在离岸边不远的海面上空驾着一团祥云歇脚，众仙人往岸边望去，首先映入眼帘的就是如今的海港区东山，当然，那时的东山还是座小小的孤岛，山上还没有灯塔，山下没有港口，那座威风八面的秦始皇塑像也见不到踪迹。准确地讲，那时秦始皇嬴政说不定还在他娘的怀里吃奶呢。

铁拐李最先开口说话："诸位，你们看，那里多美呀！"说着，他用拐杖指了指东山。"你们再往远看。"他又指了指远处的燕山余脉。

其他仙人顺着他指的方向伸长了脖子望去，何仙姑问："让我们看什么呀？"

铁拐李答道："海水是蓝的，沙滩是黄的，近处的这座小山是绿的，远处的燕山是青的。"

"哦，就这个呀。"其他仙人故意不以为然地回着他的话。

铁拐李有些着急了："还有呢，你们没看见吗？海鸟在欢快地飞翔，渔船在悠闲地漂荡，再看，岸边有耕耘者在不紧不慢地耨地，还有，缥缈的炊烟，欢快的狗叫，悦耳的鸡鸣，还有……"

"哈……"

"噢……"

铁拐李本来还想说下去，却被众仙人的笑声打断了。

张果老笑罢说："你以为就你老人家看到啦？我们早就看出来这是块福地，正琢磨着将来在这里造房子，建个落脚的地方呢。"

"就是嘛。"其他仙人异口同声地回答。

"哦，那好哇，咱们可是想到一块儿去啦。"铁拐李得意地笑了笑，又说，"那么，咱们就好好合计合计，建个啥样的'窝'吧。"

"好嘞！"众仙人赞同。随后，便以空间为图纸，以空气为颜料，凭空绘起蓝图。于是，海面上空相继出现了十分好看的楼阁、亭榭、树木和山峦。众仙人们看着自己设计的作品，越发得意了。

岸边的农民发现了，船上的渔民也发现了，大家弄不明白，远处的海面上怎么会平白无故地多了一座岛屿？那座岛的风景和房屋是那么美，过去怎么从来没见过呀，莫非是海里的仙山？一时间，耨地的停止了挥锄，打鱼的停止了撒网，浅水中捞紫菜的女子伸直了腰，沙滩上玩耍的娃娃们也规规矩矩地立在原地，所有的人全都看得两眼发直。

不一会儿，八位仙人便停止了绘图游戏，他们还要赶着去东海呢。只见其中一位轻吹了一口气，那幅图纸顷刻便消失了。

那些看呆了美景的肉眼凡胎的人们，更加惊奇了，这么好的美景咋又突然没有啦？来得奇怪，走得突然，到底是咋回事啊？

刚才的这一幕，被一位从碣石山脚下游走而来的郎中看明白了，他在家乡的海边曾经历过这种情景，便耐心地告诉人们，这并不是海里的仙山，而是海市蜃楼哇。海市蜃楼？啥是海什么楼啊？人们一时还是不懂，于是，郎中又费了好多话，耐心地向人们解释了好长时间。有些人听懂了，明白了海市蜃楼的道理，有些人还是不懂，仍认为那是海里的仙山。

从那以后，海中有仙山的故事开始流传。直到如今，凡是来到海边的人们都希望能见到海市蜃楼，不过，那样的美景哪能轻易看得到呢？

（东方仁 搜集整理）

# 仙 岛 奇 遇

很早以前，在秦皇岛的海边上，住着一户人家，姓关。因住在海边，这关家世代以打鱼为生，关家父母谢世得早，留下哥俩。俗话说："龙生九子，九子各不同。"就这哥俩，也是兴趣不同。老大呢，喜爱读书，想办法求借书读，嗜书如命，啥书都读。老二呢，就不同了，继承了祖业，以打鱼赚钱为乐，一艘小木船，任凭风吹浪打，天天不误打鱼。哥哥虽然读书，可是一两银子也挣不来，生活所需全靠弟弟打鱼维持。

关老二风里来雨里去，受苦受累，可是关老大天天捧着厚重的书简，哼哼叽叽，衣来伸手，饭来张口。久而久之，弟弟关老二心里也不平衡了。就劝哥哥说："哥呀，你天天读书有何用？一两银子也挣不来，一条鱼也打不来，要不是弟弟我打鱼养家，你还不得捧着书饿死呀？"

关老大一边看书一边笑着说："去打你的鱼吧，你懂个啥？"

关老二听了心里那个气呀，只是受"长兄如父"的礼教约束，没敢争辩，可心里是暗暗地不服气。

话说这一日，天高气爽，大海湛蓝，关老二的心情也特别好，驾一叶扁舟，篙篙用力，时间不长，就驶入了大海深处。水深鱼多，网网有鱼，三两个时辰关老二就打了个仓满篓流。关老二哼着小曲儿，正想收网回家，忽见右手海面的远处有一个小岛，看上去郁郁葱葱。出现"海市蜃楼"了？关老二揉揉眼睛，见不是"海市蜃楼"，像是实景儿。因为他常年漂泊海上，对"海市蜃楼"的景观看得多了，他知道"海市蜃楼"是忽隐忽现，虚无缥缈的，而这个小岛一动不动，相当真切。他看看日头，天日尚早，何不过去看个究竟？他用力划篙，船向小岛上飞速驶去，两袋烟的工夫就到达了小岛。到岛的跟前一看，小岛如同碧塔，圆而尖，苍松翠柏，老干虬枝，他仿佛看到岛上有错落有致的房屋。关老二弃舟登岸，把小船缆在岸边的一根小树上，就走上岛来。见林中奇花遍地，阵阵幽香，花木丛中建有奇特的楼阁，雕梁画栋，飞檐翘角，十分古朴。关老二喊道："房里有人吗？房里有人吗？"喊了数遍，也没人应声。他推开虚掩着的门，也不见人影儿，抬头一看，见室内供奉着天皇、地皇、人皇三皇像，香烟缭绕，只见香炉内的几炷香刚烧到一半，奇香无比。他心说："哪想到这么个小岛上还有三皇庙？"他赶忙退出，可是找遍全岛也没见到一个人。忽然不远处传来"汪、汪"的小狗叫声，他心里一阵惊喜，有狗就会有人家，他寻声走去，未发现有狗。停一会儿，又听到"汪、汪"的叫声，仿佛在头上，他抬头一看，见树上有个鸟窝儿，狗叫是从鸟窝里传出来的。他好奇地爬上了树，只见鸟窝内有一只长着两个脑袋的鸟，见到关老二后惊得"汪、汪"叫着飞走了。关老二朝鸟窝里一看，窝里有几个鸟蛋，奇怪的是这些蛋都是四棱的。长这么大，他见过的所有的鸟都是一个脑袋，所有的鸟蛋都是椭圆的呀！而眼下竟有这么奇怪的鸟和奇怪的鸟蛋，真让他难以置信。他将几枚四棱子鸟蛋小心翼翼地揣进衣袋儿里，解开船缆绳，离开了小岛，快速地返回了家。

关老二揣着四棱子鸟蛋，兴冲冲地来到哥哥面前，捧出鸟蛋说："你就会一天到晚捧着书瞎念，也不到外见见世面，你看这是啥？我要不是风里浪里闯荡，能见到这样的稀罕物吗？"

关老大见到弟弟手里托着的四棱子鸟蛋，眼睛一亮。弟弟见状，哈哈笑道："怎样？稀奇了吧！别说是你，咱全庄人谁见过这种鸟蛋？"

关老大兴奋地说："啊！你到过仙岛啦？鸟窝呢？快拿给我看。"

关老二回答说："谁掏鸟还要窝？有蛋就行呗。"

关老大一拍大腿说："可惜啦，宝贝没啦，拿回破鸟蛋有啥用？"

关老二愣了一下说："鸟蛋没用啥有用？"

关老大叹息地说："'鸟是双头鸟，叫声小狗咬，下的是四棱子蛋，窝是灵芝草。'鸟窝才是宝呢，那可是仙草，人若食之，可长生不老。"

关老二瞪大眼睛说："哥哥，你连大门都不出，怎么知道这鸟叫唤像小狗咬呀？"

关老大说："是书上说的呀！书上说这种鸟是神鸟，只有传说中的海上三神山中的'方丈'山上才有。"

关老二抽身就走，边走边说："我现在就走，把鸟窝给找回来。"

关老大说："现在恐怕连那个岛都找不到啦，就是找到那个仙岛，鸟窝也不会在了，宝物是会自己跑的。"

　　关老二还是不死心，他驾着渔船连续找了十几天，却再也见不那座绿葱葱的小岛了。

　　经过这件事，关老大感觉到，光读书不见世面不行，那样是不会创造出财富的，不读书没有文化也不行，那样碰到财宝也不识得。此后，他就与弟弟出海打鱼，打鱼时他身上也带着书，行船时抽时间看一会儿。几年下来，关老大、关老二把秦皇岛附近的海都游遍了，就连现庙岛群岛都到过了，还把号称海上三仙岛之一的蓬莱都找了，也学得了不少的航海本事。

　　后来，秦始皇命徐福到海中求长生不老丹，来到了渤海边，徐福访贤时听说关氏兄弟熟悉海上情况，将哥俩招到部下当向导。徐福见关老大有较深的学问，就让他在自己的帐下当了一名参将。哥俩跟随徐福的五百童男童女的船队漂洋过海，驶出庙岛群岛后，一直往东去，结果到了东瀛，就是现在的日本。因为不可能找到长生不老丹，徐福等就在东瀛岛上繁衍生息，大多数人都更了名改了姓。因为关老大是秦皇岛来的，就姓了大岛，现在日本的大岛家族就是关老大的后代。船队行驶过程中，在一座荒岛上宿营，海浪把徐福船的锚绳冲断了，船漂出了很远，迷失了方向，是关老二凭借多年的海上行船经验，把船找了回来，救了徐福一命。从此，将这个岛叫冲绳岛。徐福念念不忘关老二的救命之恩，就把离日本本岛较远的一个岛赏赐给了他，因他姓关，就把这座岛叫了关岛。

　　　　　　　　　　　　　　　　　（张保学　搜集整理）

# 龙王女儿的爱情故事

白塔岭是海港区境内的地名。如今，在西港镇所管辖的区域内，仍可以找到东白塔岭村和西白塔岭村的旧址。据有关专家考证，大约在元朝时期，此处的一道高岭上曾建有一座白塔，因此得名。不过，那时白塔岭周围还很荒凉，并未形成村落，只是海阳镇一带以打鱼为生的人们偶尔在此落脚。白塔岭出现常住人口是在明朝，因为朝廷将它作为海防要地，海防官兵们成了这里最早的居民。那座白塔是何年何月建成，又是何年何月因何毁坏的，已无从考证。

明朝时，来自日本的海盗对我国沿海地区不断侵扰，形成了倭寇之患，朝廷为保国民安宁，在沿海各地派遣驻军，筑建墩台，白塔岭便是其中之一。

因此，一个龙王女儿和驻军兵士的爱情故事才得以流传下来。

那时，海洋的面积比现在大，海水涨潮时，会一直涨到白塔岭的脚下。在众多兵士中，有一位河南籍的青年很是引人注目，他身材虽算不上高大，却生得挺拔、健壮，面色微黑，浓眉大眼，高鼻梁，厚嘴唇，显得憨厚又实在。出操练武的剩余时间，他不像别人那样去喝酒或出去游玩，只是静静地在海边坐着，想念他的家乡和父母。

这位青年名叫郭威，自幼在家习武，也帮着父母干农活儿。三年前，因为本村的一个坏小子欺负一位过路女子，郭威路见不平挺身怒斥，那坏小子竟恼羞成怒挥拳相见，郭威忍耐不住施展出一套鸳鸯腿，把坏小子踹翻在地，并磕掉了两颗门牙。事后，那坏小子的父亲找上门来告状，说是自己的儿子无端被郭威打伤，并要求郭家赔钱治病。郭家的父母除了责骂郭威，对那坏小子父子俩还百般恭敬地赔礼道歉。郭威气愤不过，赌气离家出走，一路靠打短工来到了海阳镇上，正赶上驻守白塔岭的兵营招募壮丁，他便报名来到了墩台。

郭威常来海边静想心事，是因为感到内疚，不知道自己离家之后两位老人的日子是怎么过的。唉，一时的冲动害得父母日夜担忧，这是多么的不孝哇。成为一名兵士以后，他明白了不少道理，现在他后悔了，不该和父母怄气。不过，他也为自己来到海边墩台而自豪，能为朝廷出力，保一方平安，这不正是从小习武的目标吗？前些天，他求身边会写字的朋友给家里写了书信，告知了自己的情况，也诚恳地向父母大人道了歉。

现在，郭威并不知道自己在海边的一举一动会被一位美女看在眼里、记在心上，更不知道这位美女已经深深地爱上了自己。

有一天，刚吃过午饭，郭威又来到海边，刚坐一会儿，就听到了一串"救命，救命啊"的喊声。他抬眼四处搜寻，只见空旷的海面上有一名女子在挣扎，那女子年轻貌美，救命声正是从她的嘴里传出来的。郭威猛地站起身来，顾不得甩脱衣服，赶忙扑向海里，此时他心里只有一个念头：救人要紧。

　　郭威使出大狗刨的本事，那是小时候在家乡村外名叫黄鱼汀
的一个湖里练会的。在快要靠近落水者时，那女子竟笑了，当时
郭威并未意识到什么，只当人家是对前来救助义举的感激。来到
女子身边，抓住了她的一只胳膊，郭威正想拽着她游向岸边，不
料，女子却在水中猛一转身，展开双臂紧紧抱住了郭威。郭威当
时就愣住了，来救落水者，最怕的就是被落水者缠住，那样不但
很难救出该救的人，就连救人者也很危险。郭威慌乱地扭动着身
子，奋力挥动两条健壮的胳膊，要拨开那女子的双臂，无奈的是
竟无法奏效。他实在奇怪，看上去一个弱小的女子怎会有这么大
的力气呢？莫非濒临绝境的人都会有这般超常的能力？

　　时间不等人，危险在挣扎中一再加剧，郭威最终无计可施了。
此刻，他反倒平静了，既然天意令我难逃一死，死亦如何？也罢，
有这么个漂亮女子陪着我一起奔赴黄泉，也算艳福不浅，值了！
郭威两眼一闭，索性不再挣扎，平静地随那女子沉向水底……

　　"哗啦啦……咕噜噜……"郭威只能听得见水的声响，却看
不见任何景物，因为周围太黑了。茫然中，他感觉得到自己仍然
被人紧紧地抱着。同时，还能感觉到自己是在前进，向着远处前
进，前进中也在下潜，向着深处下潜。他想阻止前进和下潜，可是，
那是多么大的一股力量啊，他根本就阻止不了。没办法，就这么
朝着远处、朝着深处去吧。更为奇怪的是，自己在深水中竟能自
如地呼吸，多么不可思议啊，以前咋没发现自己有这个本事啊？

　　时间不知过了多久，渐渐地眼前有了光亮。后来，亮度不断
增加，郭威可以看清周围的景物了，除了深蓝色的海水以外，不
时地有各种各样的鱼虾蟹贝出现在身边。不！是在自己周围的前

后左右一闪而过。再看最近处，他不由得一阵脸红，那位漂亮的女子竟紧紧地和自己面对面贴在一起，她面带微笑，微闭双眼，仿佛是睡着了，脸蛋儿上那一对酒窝十分显眼，小小的薄嘴唇不时轻轻吐出一串水泡。郭威察觉到，她并不是睡着了，而是在享受，尽情地享受！郭威扭动了一下身子，想摆脱这种尴尬的处境，这可是自打离开了娘的怀抱以后第一次和女人如此接近，可是他无力做到，这女子好像施了魔法，能任意将他摆弄。

突然，前方变得五颜六色，金碧辉煌，女子和他终于停止了前行，俩人的双脚触到了海底。郭威抬眼细瞧，已经站到了一座异常华丽的宫殿门前。女子并不说话，牵着他的手走向宫门。因为门前有众多武士手持利器把守，郭威本不想贸然进宫，可女子却紧紧拉住他的手，固执地迈向宫殿台阶。好，进去就进去吧，既然来了，怕有何用！郭威想开了，索性放开了胆子。

女子挽着郭威来到宫殿门前，并未说话，只对武士们微微一笑，那些武士就连忙鞠躬施礼，随后快速地打开了宫门。进入宫殿后，见到的所有的人都对那女子鞠躬施礼，表现得毕恭毕敬，就像兵士们见到了将军。郭威看出来了，身边这位女子绝对是个有身份的人。

后来，女子领着郭威来到了一间华丽的客厅。这里摆满了奇珍异宝，所有用具都异常漂亮。如此高档的住处，是郭威从未见过的，他简直惊呆啦，这里可比我们总兵大人的住处要强几百倍啊。

那女子扶着郭威的双肩让他坐在一架软床上，开口说道："谢谢你下海来救我，你先坐一会儿，我去请父王来。"

女子转身出门，一群侍女排队涌进，这个端来茶，那个捧来鲜果，这个斟上酒，那个递过肉，一时间，山珍海味摆满了一桌。侍女们说了一声"请慢用"便出去了。

时间没过多久，爽朗的笑声在门外响起："哈……来来来，让我先看看这位有福气的年轻人。"随着话音，一位老者健步走了进来，身后跟着刚才领自己进宫的那女子。

郭威连忙站起，正要冲老者施礼，却一下子惊呆了，这老者长相过于奇特，简直是没有人样啊。那两只眼睛瞪得大大的，虽是面带笑意也咄咄逼人，凸起的鼻子和嘴巴伸得过长，两排獠牙露在唇外，额头上还长着一对梅花鹿似的角。这……这是人吗？郭威起初很害怕，可细看了一下，觉得眼前的老者虽说长相很怪，却并不可怕，再多看几眼，竟看出了满脸的慈祥。于是，郭威对着他微微一笑，深深鞠了一躬："老人家，您好。"

"哎，请坐。"老者的嗓音浑厚，语气和表情都是和蔼的，伸手示意郭威在一把椅子上坐好，随后自己也坐到了另一把椅子上。"年轻人，首先感谢你能下海救我的女儿。既然来了，就不瞒你了，我是北海龙王，这个姑娘乃我的小女，名叫珍珠。"

噢，郭威这下明白了，怪不得老人相貌古怪，人家是龙王啊，哪能和普通人一样？

接下来，老龙王一五一十地讲述了实情。

原来，这珍珠公主是北海龙王最小的女儿，因为被父王视为掌上明珠，自小娇惯得过于任性。由于贪玩，公主经常跑出宫外游逛，连老龙王也奈何不得。因为躲在海面上看到了郭威，被这位年轻兵士的魅力所吸引，从此爱慕不已。害了几天相思病之后，公主便自作主张，想把他招进龙宫做驸马。于是，才故意装成落水女子呼救，引郭威进宫。

讲过这番话，龙王笑了笑又开口了："年轻人，不要以为我是为女儿来向你求婚的，我的意思正好相反，我要阻止你们的婚姻。"

"啊？父王你骗人！"站在一旁的珍珠公主两眼一瞪，两行热泪涌了出来。

老龙王接着说："我劝说女儿根本不管用，只好等她把你领进宫来，再亲口对你讲这些话。你看，你生活在人间，我们生活在海底仙境，你和我女儿成婚这不成体统，是违背天意呀。违背了天意可不得了哇，不仅你在人间会遭灾难，就是龙宫也要出大乱哪。"

此时，珍珠公主早已哭出声来，她气愤地举起拳头，捶打父王的背。

老龙王叹了一口气："唉，我这不省心的女儿呀……年轻人，宫里的珍宝你随便挑，要啥我都给，就是……请你拒绝了这个不合情理的婚事吧。只要你不同意娶她，事情就好办啦。"

此时的郭威顾不得公主的态度了，龙王的话正合自己的心意，他站起身，明确表态："龙王，我本一介草民，从未想过要做龙宫里的什么驸马，我现在只想立刻回去，当好我的兵士，这里的宝物嘛，我什么都不想要。"

"哎、哎、哎……那怎么行啊？"龙王坚持要赠送宝物，态度十分坚决，郭威看看推脱不过，为了尽快离开龙宫，只得挑选了一颗最小的淡蓝色的珠子。

随后，郭威坚持要走，龙王命令珍珠公主送行。公主见事情到了这一步，也无可奈何了，只好含泪送郭威回来。

一对青年男女重回海面，珍珠公主深情地亲吻了郭威，然后说道："我俩今生无法做成夫妻，可我心中永远拿你当情人。今后，我还要经常来水面上偷看你，只是再不会打扰你啦。希望你永远不要离开这片土地，我会保佑你一辈子，以后还要保佑你的后人。"

说完这番话，珍珠公主一头扎进水里，不见了踪影。

郭威被公主的话感动了，回到岸上之后，又托朋友给家里写了书信，请求父母到黄河以北的渤海岸边，来白塔岭下定居。过了些日子，郭家父母真的来了，郭威十分高兴，他变卖了龙王送的珠子，在离白塔不远处的高地上盖起来几间民房，让父母住下。后来，不断有人学着他家的样子来盖房子，渐渐地就形成了一个小村落，人们为小村取名叫白塔岭。

随着时间的流逝，海水不断后退，陆地逐渐扩大，人们在这片土地上种玉米、种花生、种白薯，也种果树，这里风调雨顺，没有发生过大灾大难，日子过得还算安宁。是不是那位龙王的女儿在保佑呢？讲故事的人也说不准。

（秦化 搜集整理）

# "海底蛟龙"刘宝参

秦皇岛港已经有一百多年的历史了，这个举世闻名的能源大港涌现出了不少杰出的人物，人称"海底蛟龙"的刘宝参就是其中一位。新中国成立前参加工作的老秦港人都知道他，他名叫刘文起，号宝参。

这刘宝参出身贫苦。1870 年前后，他的父母从河北黄骅逃荒路过天津大沽，为了孩子能活下去，一狠心，将筐里挑着的最小的他送给了一户人家。到了这户人家后，年幼的他整天啼哭不止。

一天，邻家的刘大娘来串门，看到这个爱啼哭的孩子，就把他抱到怀里哄了哄，说来也奇怪，原本哭得正厉害的他一下子就不哭了。刘大娘看着喜欢，随口说了句："看看，这孩子多精神啊！"

"还精神呢？这小子成天哭，好让人心烦哪，你要看着好，赶紧抱走吧！"那户人家正愁这孩子没地儿送呢。

就这样，小宝参被转送到了刘家，从此也就随了刘姓。

刘家是渔民，住在海边，出门几十米就是大海。小宝参与邻里的小伙伴们天天泡在海里，玩捉迷藏，潜在船底下的海水里一藏就是好半天，日久天长，练就了一身好水性。

刘宝参二十岁那年，家里要给他说门媳妇，可他说啥也不同意。最后，脾气倔强的他赌着气离开了家。离家以后，刘宝参一直往东走，路过滦县的时候，正赶上修滦河大桥，工地上缺人手，他因为水性好，在水下干活特别利落而被留了下来。干起活来认真又好学的他颇受总工程师的喜爱，干得时间长了，他从总工程师那里，学得了不少修建木结构、钢铁结构和水泥混凝土桥的技术。

干了几年，滦河大桥修好了，那位总工程师找到刘宝参，问他今后的打算。刘宝参说："接着找活干呗，走到哪算哪。"总工程师就说了一句"那你跟我走吧"，就这样，刘宝参跟着总工程师又到了山海关桥梁厂。

不久，那位总工程师又将刘宝参介绍到了开平矿务局秦皇岛港修建工地。那时正逢港口初建，很需要他这样的人才。后来，他果然干得很出色，正是他领着几百号人修建了秦皇岛港最初的码头。

当时秦皇岛河东一带几乎还没有住家，只有所谓的"三间房"（来来往往的人休息的地方，破旧不堪），刘宝参一开始住在西盐务村，后来搬到了开平昌大院（位于原开滦广场以北，刘宝参的岳父家曾在此开过一家名叫"玉记"的店铺，供应船员淡水、肉、咖啡以及各国的面包等，后改名"斌鸿泰"）。1920 年左右，因为他劳苦功高又确实有本事，当时的秦皇岛港英籍经理找到他说："有两块地，给你和方大夫（秦皇岛港有名的老方大夫）自己盖房子吧。你先挑，剩下一块给他。"

刘宝参就挑了今天海港区海滨路派出所旁边的那块地，盖起了五间正房，两间厢房。如今这已有九十多年历史的老房子还在，被称作老吉兴里住宅。从那几处残存的旧物——高墙上类似铜钱式样的花饰、木门上包裹的黄铜色护套，尚能依稀想见当年这里的房屋与其主人的气派。

当年，这老房子中刘宝参自己住的那间房里，曾摆放着几十个小瓶子，里边装满了各式各样的各种沙子，那是他潜到海底采集来的各种沙子样本，也许，这就是他"海底蛟龙"绰号的由来。

不过，另外还有两件事，似乎更能说明刘宝参超人的好水性。

一件事是说，20世纪30年代初，法国驻华大使带着夫人到秦皇岛来游玩，大使夫人下船上岸时，不慎将一块金表掉到了海里。驻华大使找到当时秦皇岛港的英籍经理齐尔顿，表示那块金表是他们夫妻的定情信物，希望能够找回。齐尔顿立刻就想到了素有"海底蛟龙"之称的刘宝参，马上把他找来说明了情况。刘宝参问清金表落海的大致位置，只说了句"我试试吧"便跳入海里。令人不可思议的是，没过几分钟，他就将金表捞了上来。此举惊呆了法国大使夫妇：我的上帝啊，他可真神哪！

还有一件事是据他的孙子回忆，他六十多岁的时候尚能从秦皇岛东山游到北戴河联峰山，再游回来。

刘宝参不光水性好、本事大，还颇有骨气。20世纪三四十年代，日本人对秦港实行军管的时候，日本宪兵在码头入口处站岗，别人都是亮出"良民证"，鞠个躬，然后再进去，唯独他从来不亮"良民证"、不鞠躬，而是挺着胸就往里走，知道他底细的日本宪兵拿他也没办法。

有一回，站岗的日本宪兵换了人，不明就里，看到他这么神气，上去打了他两耳光，还指着他说："你的，良民的不是！"刘宝参一赌气，回家不干了，当时的英籍经理齐尔顿知道这件事后，找到了日本宪兵队讲明情况，又亲自去请刘宝参回港上班。第二天，刘宝参依然是挺着胸走进了码头。

在旧中国，因为贫穷落后，很多外国人瞧不起中国人，可是，刘宝参病了，英籍经理却要亲自找外国医生为他看病。刘宝参凭着自己的本事给中国人长了脸，争了气。1942年他去世时，众多秦皇岛港老工人闻讯赶来，人们排成长队，自发地为他送行，可见他在工人中的威信是很高的。

（卢纪锋 搜集整理）

# 赛马的故事

海港区辖区有一个海港镇，镇政府所在地就是过去的马坊。过去，曾有两个村庄称为前马坊和后马坊。如今，这前、后马坊早已今非昔比，成为市区内的繁华地段了。

马坊不像某些村庄那样有大姓人家（如邵岭多数姓邵，王庄多数姓王），因而不可顾名思义地认为本村人多数姓马。马坊的名称产生在明朝，那时，这里是官家的养马场。明成祖朱棣在尚未夺取皇位时被封为燕王，他夺取皇位的一系列作为，在历史中被俗称为"燕王扫北"，而过去的马坊，正是为这位燕王提供军马的场所。

据传说，明朝时期的马坊曾有过一个赛马的故事。

当时的养马场，喂养着众多马匹以供军队征用。因此，这里设有主管官员，也云集着不少饲养员、驯马手和守护马场的卫兵。这些人要担负起选购、繁殖良马和处理伤、残、病、老的马的任务。一天，从外地来了一支马队，七八个人牵来了十几匹马，他们找到养马场，说是来卖马的。不过他们提出的价格高得离谱，每匹马的要价竟比正常价格要高出一倍。

有人立刻将此事报告给养马场主管，主管听罢一皱眉："呃，竟有这样的事？本马场向来是以价格公道著称，今天怎么来了些不懂事的'生荒子'啊？走，本主管前去看看！"

主管稳步来到大门前，站定之后并不吱声，先用目光将面前的这支人马扫视了一番，随后故作沉稳地干咳了两声，这才问道："你们谁是领头的呀？"

"哦，是我。"一个满脸褐色胡须的车轴汉子上前一步，粗声粗气地回答。

主管用尽量和蔼的语气说道："这位好汉，你们来卖马，我们欢迎。不过，这里可是军马场，不是随便牵来几匹牲口就要的，我们不但要选够格的马匹，而且这价格嘛……也都得按照规定来呀。"

车轴汉子接过话茬："想必这位就是主管大人，我们明白军营的规矩，不是宝马良驹可不敢往这儿送啊。不过，这些既是宝马，价格也就应该超过那些普通的马匹，俗话说一分钱一分货嘛，这才是讲公道话啊。"

主管不答言，而是往前走了几步，然后挨个为那些马匹相面。身边的下属们却七嘴八舌地开了腔，这个说："宝马？哼，我咋看不出来呀！"那个讲："糊弄人来了吧？也不看看这是啥地方？咱养马场可不是那么好糊弄的。"这个说："你们也瞧瞧我们马场里训练出来的马，那才叫宝马呢，你们牵来的这些是啥玩意？货比货得扔啊！"那个讲："如果咱这儿选不上，他们这些糙货也有地方送，朝东走，再往南拐，那边有专卖熟肉的地儿，下汤锅吧。哈……"

所有的卖马人都怒目圆睁，那车轴汉子更是大有怒发冲冠的气势，他一手叉腰一手指向马场主管，高声说道："主管大人，你知道我们是从哪儿来的吗？告诉你，是永平府！那里可是出良马的地方，知道老马识途的故事吗？就是从我们那儿出来的！你们这是有眼无珠哇，竟瞧不起这些良马。这样吧，你们敢不敢和我们赛赛马？我们的马要是输了，这些马我们分文不取，白送！不过……要是你们的马比输了，这价格就该翻一倍。敢不敢比？嗯？"

"好，一言为定！"主管大人猛拍一下巴掌。

主管命人从马场选出来三匹最好的马，车轴汉子也牵出来三匹自己带来的马，六匹马横着站成一排，各自选好的骑手也就位了。

主管伸手往西一指，说："前边十里地就是汤河，看看谁的马先跑到河边再跑回来。这可是凭真本事啊。咱们可是各有三名骑手，胯下的马到没到河边，一定要互相监督啊。"说完，一声号令，六匹马携带着风沙蹿了出去。

刚跑出去那会儿，看不出谁快谁慢，仿佛都是宝马良驹。再跑了一会儿，渐渐地就分出了层次，等到了汤河边，再返转往回跑，这些马前后可就拉开了距离。等到快跑回养马场时，那些前来卖马的汉子们开始欢呼雀跃了。跑在最前头的是他们牵来的马，跑在第二位的也是他们的，养马场所谓训练有素的良马，勉强跑了个第三位，可第四的还是人家的马。倒数第一和倒数第二的，自然是养马场的马了。

面对着喜笑颜开的牵马汉子们，主管又发话了："先别着急傻笑啊，你们以为上好的军马只是要跑得快吗？"

不比快那比什么呢？我们以前都是这么比赛啊。牵马汉子们有些发懵，车轴汉子问道："那你说应该比啥？"

主管发出一阵嘿嘿的笑声，说："养军马可是为了打仗啊，征战沙场除了要跑得快，还得有别的本事。嗯……比如，反应快、听从口令、耐力强、胆子大，尤其是胆子大，战场上尸横遍野，血流成河，号角连鸣，杀声震天，如果战马的胆子小，刚一上阵就吓尿喽，还怎么打仗啊？你们要想把马卖上好价钱，咱还得接着比呀，就比一比马的胆子吧。怎么样？"

比就比吧，我们是干啥来的？既然来了还怕比吗？怎么着也不能白来呀。车轴汉子这么想着，便点了点头，算是同意了。

经过简短的准备，双方又各自拉出来五匹马，这回的马匹都站到了围栏里。突然，锣鼓齐鸣号角震天，所有的人也都跟着呐喊起来，造成了排山倒海的阵势。这时再往围栏里看，养马场的五匹马都在昂首伫立，似乎在平静地等候着命令。而车轴汉子等人带来的马，却逊色得多了，个个惊慌失措，蹿到围栏边上乱跑乱叫。

主管大人嘿嘿地笑了，养马场的官兵都嘿嘿笑了，那些牵马汉子们只有一脸茫然。

最后，双方还是友好地坐了下来，经过协商，养马场以平常的价格收购了那些马匹。一手交钱一手交货，拿到银子的卖马汉子们打道回府了。主管大人心里很得意，他知道，新买的这些马，完全可以训练成合格的军马。

（华人　搜集整理）

# 地下有珠宝

朋友，如果有人告诉你，在你居住的地下埋藏着金银珠宝，这话你相信吗？其实，这话我也不信。不过，我不是在胡扯，确实有一个传说，而且说得有鼻子有眼儿，说是我们海港区有一段道路的旁边，有人曾埋藏了大量的金银珠宝。现在，我就把这个传说讲给你听，你听听就得了，可千万别较真儿，更不要起贪心去打这些财宝的主意啊。

话说明朝末年，闯王李自成率领农民起义军攻克北京，随后又挥师东进，在山海关城西石河滩上与明朝辽东总兵吴三桂的兵马展开了一场血战。明朝兵马眼看要抵挡不住了，诡计多端的吴三桂引了关外的清兵入关，结果起义军战败，清兵得以长驱直入，一直攻入北京。

战败的起义军慌乱退却时，没走多远便觉得行路困难，于是，闯王下令，抛下辎重，埋藏金银珠宝，随后快速西退。闯王手下的一些亲兵执行了埋藏财宝的任务，这其中有两个人暗藏了心眼儿，他们来自陕西，是亲兄弟，一个叫刘连平，一个叫刘连安，平时在军营中人们都叫他们刘二和刘三。别看这哥俩其貌不扬，身材瘦小，面色黝黑，嘴唇厚厚的，眼睛小小的，可脑袋瓜却比别人好使。埋宝时，他们认真地观察了地形和有关标志，随后又混到溃逃的队伍中。

行至范家店一带，刘二一个趔趄摔倒在路边，他哎哟了一声，就再也迈不开步了。刘三停下来去搀扶哥哥，问："怎么啦？"刘二说："崴脚啦。"于是，弟弟搀着哥哥靠到路边一座土坡上，要帮哥哥揉揉腿脚。

刘二低声说："不用揉，我没事。三弟呀，我看咱们这么跟着闯王逃命，早晚也是死路一条哇，老家咱是没法回了，不如赶紧开小差儿，找一条生路吧。"

刘三也知道起义军大势已去，便点了点头。哥俩儿趁人不备，一哈腰钻进了草丛，向北边的山里逃去，最后到了驻操营一带更改了名字落了脚。

后来，大清朝建都北京，天下基本平定。

一天，两名推销山货的商人出现在范家店东面的路上，此时他们的名字已叫柳平和柳安，在长达十余里的一段路上，两个人走走停停，东瞅西望，最后他们认定，当年埋财宝的地段就在黄土坎儿与王岭之间这一段的土路旁边。于是，两个人白天做买卖，夜里出来找宝。

两个多月之后，他们回到了山里，此时已变成了两位阔商人，他们在山里买地建房，娶妻生子，过着挺不错的日子。许多年过去之后，柳平已经作古，进入耄耋之年的柳安才向自己的后人讲出了心中的秘密。据说，当年柳平柳安只找到了一小部分财宝，而大宗的财宝去向如何？是被别人挖走了，还是继续藏在地下，谁也说不清了。

　　有人猜测，当年闯王率队溃逃时，没时间将大宗财宝集中埋藏，一定是各队人马分头行动，这样，执行闯王的命令就有了折扣，有的可能埋了一些，有的可能只顾逃命根本没埋。如此说来，在刘家兄弟找财宝的地段，埋有大宗金银财宝的可能性并不大。

（东方仁　搜集整理）

# 没有名分的妃子和妃子坟

海港区秦山公路北边有一个韩庄，村里多数人家都姓隽（读"见"音），村子说大不大，说小不小，是一个普通的村庄，如果从它旁边路过，看不出有什么特别的地方。然而，从老一辈人讲的故事中得知，这个村还真有特别之处，这里差一点就出了一个皇妃，村外的荒地里曾有过一座妃子坟。

故事发生在清朝。众所周知，我们这一地区自古以来就是交通要道，是连通京城与东北的咽喉，清朝皇帝每一次回东北祭祖，都会从这里经过。话说清朝的某一年某一月某一天，某一位皇帝从东北归来，因为受到先帝乾隆爷微服私访的影响，后来的几代皇帝也喜欢外出时穿上平常的衣服，装作平常人。这一天，皇上率众人行至韩庄附近，见天近傍晚，自己觉得有些饿了，便下令停下来用晚餐。随从们看见村头路边有一家小饭店还算干净，便请皇上进来落座，随后喊来店主点饭菜和酒水。一位贴身护卫凑近皇上身边，问道："老爷，您喝什么酒，吃点儿什么？"皇上答道："嗯，还是简单一点儿吧，我们还要赶路呢。""好。"护卫答应着，转身吩咐店主，安排了炒鸡蛋、紫菜汤、蒸花卷等几样简单的饭菜。

皇上的本意是要简单吃一顿便饭，然后赶路，到前边较大的海阳镇住宿，然而，等饭菜端上来时，这位万岁爷却改变了主意，他连着要来好菜好酒，大有一醉方休的样子。这是为什么呢？原来，为客人端菜的是一位年轻貌美的姑娘，她身段苗条，眉清目秀，尤其是那微微一笑展露出的风韵，太迷人啦。

那顿饭，皇上不惜花费了大把的银两，点了饭店里所有的上等佳肴，喝起来也就没完没了，不知不觉就喝醉了。由于天色太晚不能启程，于是，只好在饭店里住了下来。

那天夜里，皇上向饭店里的姑娘表明了身份，并海誓山盟地表示要娶她为皇妃，爱慕荣华富贵的姑娘便点头答应以身相许。第二天，皇上要起身踏上返京路程了，他问清了姑娘姓甚名谁和所住的村庄，并送给姑娘一只金钗作为信物，说好了下个月就派人来接姑娘进京。

原本一桩看似美满的姻缘，不料却因为皇太后的阻挠而破灭了。

皇上回京后向太后细说了详情，太后听说那姑娘姓隽，立刻怒气冲天，说："她姓什么不好，偏偏姓隽，那不成了'贱妃'啦？不成！"此时的皇上才清醒过来，意识到自己那天借着酒劲儿办的事有些荒唐，他思来想去，决定取消这门婚事。这位皇上还算是有点良心，他派了自己的贴身护卫专程到韩庄的那家饭店走了一趟，带了不少的金银和珠宝，向姑娘讲明了情况，并一再表示歉意。

皇上的护卫回京之后，姓隽的姑娘心灰意冷，她终于认清了皇权贵族的虚伪。这位姑娘终身未嫁，她本想将这个秘密埋藏在心中，默默无闻地度过一生。可世上没有不透风的墙，她的故事还是被传了出来，这使她心中更觉凄凉。她去世后，家里人将她埋在了村外，那座坟孤零零的让人看了心酸。尽管姑娘没能取得皇妃的名分，可人们还是叫它妃子坟。据说多年之后有贪财的人曾去盗过这座妃子坟，不过，却没有找到什么值钱的东西。

（秦化 搜集整理）

# 珍 珠 姑 娘

汤河中游东岸边，有一个村庄，这便是杜庄镇的紫峰坨村。很久以前流传下来的一个珍珠姑娘的故事，就发生在这里。

话说当年李自成被清军打败的那一年，紫峰坨还只是一个仅有几户人家的小村落，村头临近河床的两间茅草屋里住着一个年轻人，他叫王义，平时种着两亩河滩开出的薄地，农闲时就在汤河里打鱼。本来，王义姓吴，是随着家人从山西逃难过来的，因为亲生父母把他送给了汤河边一户无儿无女的老夫妻，这家人姓王，所以他就改了姓，由吴义变成了王义。后来，那对老夫妻相继去世，王义就变成了孤身一人，因为穷得娶不上媳妇，二十八岁的他还是个单身汉。

秋后的一天，王义又去河里打鱼，因为穷置不起渔船，他只能趟着水扔旋网，好在他的水性好。扔了大半天的旋网，网兜里鲤鱼、白漂、梭鱼羔儿少说也有个五六斤了，王义决定最后再撒一网，然后回家。然而，最后一网却出现了异常，网兜里沉甸甸的，网纲拽着也挺费劲。王义觉得这一网一定有货，他抖擞起精神，双臂较着力，慢慢地将旋网拖出水面。哟，网中拖上来一只巨大的河蚌，青绿色的蚌壳，泛着亮光，那个头儿，足有洗脸盆那么大。

王义心怀喜悦，满载而归。他边走边盘算，这些鱼明天可以拿到杜庄去卖，这河蚌今天晚上就由我王某人享用了。

到了家，王义拿出一把小刀撬开了蚌壳，天哪，他立刻被惊得目瞪口呆，蚌壳里没有蚌肉，而是一颗宛若牛眼似的乳白色珍珠！啊，这可是宝贝呀！王义乐得简直要满地打滚儿，这下子我王义可要发大财啦，富贵荣华的好日子终于轮到我来享用喽。此时天并没有完全黑下来，炕头上的那颗珍珠却发出了柔和的光彩。

吃完了白菜心蘸酱和一条小咸鱼，外带一大碗高粱米饭，王义美美地躺在土炕上。他眯起眼睛，想着明天该做什么，随后又把目光瞥向那颗珍珠。突然，他身边那颗珍珠猛地射出一股极其强烈的光，接着就突然暗了下来，珍珠转眼不见了，一个年轻的姑娘坐到了他的身边。我的妈呀！王义立刻被吓得毛骨悚然，战战兢兢地问："你……你……到底是……是人还是……"惊吓过度的他并不敢把那个"鬼"字说出来。

那姑娘轻声说："我当然是人，而且是好人，你不用害怕，我不是来害你的。"

看到姑娘挺和善，王义的胆子大了起来，他凑近姑娘细心观看，只见她身穿白色衣裙，貌美如花，比年画上女子还要好看。两个人都朝对方望了望，同时笑了。姑娘那甜甜的笑靥令王义身上发热，心里痒痒的，他问："哎，你是从哪来的，咋跑到我的屋里来了呀？"

姑娘咯咯地笑出声来，说："你还问我呢，不是你把我从河里捞上来的吗？"看到王义听了此话又有些发懵，又接着说，"我就是那颗珍珠哇。"

王义这才听明白，原来，眼前这位姑娘是珍珠变的。他想起了以前听说过的有关田螺姑娘、鲤鱼姑娘、喜鹊姑娘的故事，于是脱口说道："你是珍珠姑娘啊。"

"对呀。"珍珠姑娘笑着点了点头。

"既然是这样，那我就把你放回去吧。"王义嘴上这么说，却紧紧拉住了姑娘的手，根本没有放人家走的意思。

珍珠姑娘就势依偎在王义身前，说："你既然把我捞上来，咱们就有缘分，我不想走啦，就给你做媳妇吧，你愿意吗？"听珍珠姑娘这么一说，王义乐得几乎忘了自己姓啥，赶紧把这个老天爷赐给的媳妇搂入怀中。不过，此时他的头脑还算清醒，说道："我倒是挺愿意哟，可是，你看我这个穷家，拿什么来养活你呀？"

珍珠姑娘笑着说："这你就放心吧，我不吃不喝，日月的光华，天地间的灵气就能养活我，不会用你任何破费的。"

王义这下乐开了怀，美滋滋地说："媳妇，咱们今晚就成亲吧！"

"且慢，有一点还得和你说明白。"珍珠姑娘收敛了笑容，郑重地说："我只能到夜晚才能出来陪你，白天还得变成珍珠，藏到蚌壳里去。"

"行，行啊。"王义赶忙点头答应。

时间过得真快，转眼一个月有余。珍珠姑娘每天夜里都出来陪伴王义，天快亮时又变成珍珠藏进蚌壳。

可是，当娶了新媳妇的新鲜劲儿过去了之后，王义却动用了歪心思。他想，我和这么个人不人鬼不鬼的媳妇一辈子就这么过下去吗？穷日子啥时候是个头呢？如果我把这颗珍珠卖个好价钱，有了钱不但能享受财主才能享的福，而且可以娶一个正经八百儿的媳妇，黑天白天都能陪着我，共享荣华富贵，那该多好啊！于是，又一个白天来临之时，王义眼看着媳妇钻进蚌壳变成珍珠后，立刻把蚌壳装进一个粗布口袋里，急匆匆一路小跑赶到四里地之外的杜庄，去敲一个姓白的财主家的大门。

白财主外号白眼狼，是远近十几里出名的大财主，他待人凶悍，也常有仗义疏财之举，因此，周围的村民们既怕他又敬他。王义面见了白眼狼说明了珍珠姑娘的情况，把这个大财主乐得从太师椅上蹿了起来，觉着王义带来了稀世珍宝，立刻喊着：快拿出来、快拿出来，只要是好玩意，价钱好说！

王义从口袋里拿出那只巨大的蚌壳，放到一张八仙桌上，又用桌上的水果刀撬开了蚌壳。他满以为白大财主会高兴得忘乎所以，多多地给自己赏钱呢，谁知却一下子傻了眼，蚌壳里哪有什么珍珠，只有一枚普通的土黄色的鹅卵石。这？这是咋回事？他拿起那块石头端详了好半天，还是呆愣愣的说不出话来。白眼狼却勃然大怒，我堂堂的白大财主啥时候受过这等愚弄，你小子真不是个东西，欠揍啊！不由分说就把王义打了个鼻青脸肿，臭骂了一顿之后撵出了白家大院，那块石头和空蚌壳还有那个粗布口袋也被扔了出来。

王义手捧着空蚌壳和石头，腋下夹着口袋，一瘸一拐地往自己家里走，他实在是后悔不已，为什么会这样？他咋也想不明白。

（铁锚 搜集整理）

# 关云长的大刀印

　　傍水崖在海港区石门寨境内。古时候，这一带的"古松朝鹤""玉带横腰""邓林钓鱼""印台观海""洞隐龙湫""九黄戏珠""犀牛望月""丹凤朝阳"八景，闻名退迩。

　　傍水崖上有座关帝庙，庙里有栩栩如生的关公塑像，庙前有一对高大的石狮子，其中一个狮子背上有一道刀砍的印痕。这石狮子身上的刀痕是怎么来的呢？听我细细道来。

　　传说明朝隆庆年间，北番常常侵犯边境，烧杀抢掳，害得边民不得安生。为了保卫边防，朝廷派游击将军张臣守边。张臣接到圣旨，带上一千兵马，星夜赶到傍水崖。番人酋长董狐狸仗着兵马多，根本没把张大将军放在眼里，一声令下，就把傍水崖给团团围住了。一天深夜，张大将军正在大帐里苦思破敌之策，忽听外面传来了喊杀声。他心里一惊，知道是番兵偷营劫寨来了，急忙披挂上马，领兵迎敌。等跑到战场一看，不由得愣住了：只见阵前一位红脸将军，身穿绿色战袍，骑着赤色宝马，使一口青龙偃月刀，正在敌人堆里往来冲杀呢。那红脸将军杀得偷营劫寨的番兵鬼哭狼嚎，尸坠崖下，抱头鼠窜。张大将军飞马来到红脸将军面前，刚要拜谢，那人却打马跑进山中去了。张大将军就在后头高喊："义士慢走！"那将军像没听见一样，不停马，猛往前奔。张大将军赶紧打马去追，追来追去，眼见那位红脸将军进了山中的关帝庙。张大将军只好下马进庙来寻。庙里除了看庙人，一个生人都没有。张大将军纳闷，又寻找正殿，猛然看见那位将军端坐在神位之上。再一细看，原来是关帝泥像。再看那匹泥马，浑身正在淌汗泥。张大将军这才明白了，原来是关公显灵，助了他一臂之力。他"扑通"一声跪在地上磕头说："感谢先圣助我破敌，我一定奏明圣上给您重修庙宇、再塑金身。"就这么着，张大将军启奏皇上，皇上不久便派来了能工巧匠，把原来的三间小庙翻修扩建，变成了九十九间大庙。

庙宇修好了，得塑金身呀。可是工匠们一连塑了几个关帝像，都不合张大将军的意。张大将军发了脾气，对工匠们说："你们三天之内再塑不出金身，我要杀你们的头！"一晃，三天期限就到了，愁得掌作的匠人坐在河边直哭。他正哭得伤心，忽听从天上传来说话声："你别犯愁了，就照我水中的相貌塑吧。"掌作的匠人听了又惊又喜，低头一看，只见河里真有一个红脸大汉。他记住了模样，急忙往庙里跑，回来就照那个样子塑起来。这一回，张大将军很满意，重赏了匠人。然后，张大将军亲自把泥像抬到了庙里神位之上。

后来张臣死了，皇上来到了傍水崖，给张臣立了一块石碑，上书"张大将军建功处"，还在关帝庙旁为他修了个张公祠。

有一天，皇上游山玩景，忽听辇车上方传来马挂鸾铃之声。他心中疑惑，随口问道："是何人在保驾？"

"二弟云长。"

皇上一听，心想：原来我是刘备转世啊。于是，又问：

"三弟何在？"

"镇守辽阳。"

皇上回朝后，马上降圣旨，再一次为关公庙拨了银两，整修一新。

关帝显灵的事，很快就传开了。这下关帝庙里的善男信女可就多了起来，香火成天不断，云萦雾绕的。这一来，庙前的两对儿石狮子可不干了，它俩受不了这烟熏火燎。一天夜里，它俩一合计就悄悄逃走了。关帝知道后，搭箭冲石狮子射去，匆忙中没有射中石狮子，却把对面石崖给射了一个大窟窿，后来就变成了一眼流泉。关帝见一箭没有射中，就飞马去追，追到跟前，只一刀，正好砍在母石狮子的背上。公石狮子一看情况不妙，马上跪伏在地向关帝请罪，这才了结了这件事。

从此，石狮子背上就留下一道刀痕印。至今，这刀印还清清楚楚的。

（张义纯　搜集整理）

# 板厂峪古塔与天然洞

板厂峪古塔位于长城重要关口董家口与义院口之间的长城脚下。古塔东北九丈处有一个天然洞，洞口上方嵌一方石匾，为万历四十三年所刻，现在已成为河北省重点文物保护单位和游人寻芳探幽的所在。但古往今来，还没有一个人能探清天然洞的奥秘，只有一段段动人的故事广为流传。

据说从明朝嘉靖以来，边患日益严重，明朝历代皇帝也不断加强长城防务。守卫长城的官兵越来越多，男的守城，女的垦荒屯田。年深日久，长城脚下便出现了许许多多由守城官兵眷属建起的村庄。

每遇到战事，哪个官兵的眷属不惦着自己的亲人？眷属们是多么希望能亲眼看到前方的战况啊！

有一次，敌军又大举攻城，战斗非常激烈。守城军眷属人人提心吊胆，坐卧不安。正在他们焦急万分的时刻，突然听到街上有敲锣声，倾耳一听，只听到有人高喊："乡亲们，请大家到天然洞前走一趟，翟真人要给乡亲们讲述战况啊！"

人们都知道，翟真人已在天然洞修行多年，可是谁也没见过他，只晓得他道行极高。有些垂危病人，只要在天然洞前对着宝塔把自己的病痛一说，第二天便可在洞口得到一包丸散，服下后病痛尽除。此刻听说翟真人要给乡亲们讲述战况，家家锁门闭户，争先恐后地朝天然洞奔去。不一会儿，天然洞前便聚了很多人。

只见翟真人身材魁梧，白髯飘胸，他面南向宝塔站定，双手合十，口中念念有词，微眯双眼，盯住宝塔。乡亲们顺着他的视线向宝塔望去，都不由自主"啊"地惊叫出声。原来塔身中间佛龛内的佛像身旁，烟尘滚滚，杀声震天，数千敌骑正向城上猛烈放箭，矢如飞蝗。城墙上明军的大炮喷出一条条火舌，腾起一团团浓烟，敌骑应着一声声巨响人仰马翻，但仍不见怯意，攻击一阵紧似一阵。突然间人群中一位少妇"妈呀"尖叫一声，人们已经看清城墙上一位炮手已中箭倒下，那尖叫的女人正是倒下的炮手的妻子。接着守城军又有几个人倒下。霎时间人群大乱。这时只听翟真人朗声说道："莫慌，莫慌，只是皮肉之伤，敌人这就要退了。"说完，翟真人化作一团雾气不见了。人们再向佛龛看时，敌骑果然向北逃窜。

从此之后，一遇战事，守城军的眷属们就到宝塔前观看自己的亲人是否遇到危险（相当于现代社会的电视转播了）。在沙场作战的官兵们打起仗来更勇敢了，因为每个官兵都知道自己的亲人和乡亲们正盯着自己，谁愿意在乡亲们面前当孬种呢？

又过了几年，板厂峪长城防段换了个姓吴名能的千总官。这个人身材矮小，左腿还有点瘸。士兵们见他其貌不扬，有的下属瞧不起他，心想，这样的千总官还能带兵打仗？

其实吴千总也料到了这一层，只是他不动声色。他到任之后所做的第一件事便是每天深夜让亲兵把一些密封的坛坛罐罐搬进天然洞，白天再让亲兵们倒腾出来。亲兵们不明其意，有人问他："千总，这是干什么？"他胸有成竹地回答："不准泄露实情，有人问起，你们只说天然洞里有的是金银财宝就行了。"过了一段时间，天然洞是藏宝洞的消息不仅传遍了附近的村村落落，连远在塞外的敌军头目都得到了情报。

就在这年秋天，敌军精选了千余铁骑，闪电般突破了义院口关，沿山路直向板厂峪的天然洞扑来。吴千总料定敌人是来抢掠金银财宝，早把兵力埋伏在天然洞附近的山谷里和密林中。天然洞坐落在一个口袋形的山谷中，敌人到了这里，纷纷抢先下马，争先恐后地往洞里钻，唯恐落在后边抢不到财宝。不大工夫，千余名敌兵已尽数钻进洞去。他们哪能料到，这个天然洞是个无底洞，洞内有无数分支，分支和分支相通，只要钻进去就等于钻入了迷魂阵，休想再找到出口。吴千总看时机已经成熟，把手一挥，命令炮手向洞口轰了一炮。埋伏在山谷和密林中的明军一齐呐喊着杀了出来，向天然洞口围拢过去。除满山谷的战马乱蹦乱跳外，竟没有一人抵抗。吴千总命令炮手向洞内又轰了几炮，见洞内毫无动静，便命令士兵们用石头把洞堵死，把马匹尽数缴获。

经历了这场战斗，吴千总成为士兵们敬佩的将领。

转眼又过了一年，吴千总命令士兵扒开堵在洞口的石头，又命令十名士兵每人背上五十斤麻绳，带足干粮和火种，先将绳头儿结在洞口的一块大青石上，然后，一段段向天然洞深处探察，一根绳子用完再接上一根。不料，两天过去了，还不见有人回来，吴千总开始焦急起来。直等到第三天，才见八个士兵从洞里爬出来，吴千总忙问为啥少了两人。士兵们回答说："洞深处有一条暗河，有两个弟兄想试试深浅，不料一只脚刚挨到水面，便像被什么吸住一样，一头栽入河水中，被急浪卷走了。洞内除到处都是白骨之外，什么也没见到。我们带的麻绳用完了，又不敢贸然过暗河，才不得不拉着绳索往回返。"从此，天然洞又有了白骨洞之名。

这个天然洞到底有多深？有人说它直通大海；又有人说它直通阴曹地府。老辈人说：过去有不少人曾进去探险，可是，只见人进去，不见人出来。

这个幽深的天然洞至今还是个谜。

（付丽华　搜集整理）

# 龙头石、老虎洞和闭关洞

在板厂峪景区内有几个景点，分别叫龙头石、老虎洞、闭关洞，据说这三个景点有一连串很神奇的故事。

传说古时候有个妖龙，经常在这一带兴风作浪，暴雨连天，洪涝成灾，毁坏农田。此外，还有一只老虎，也经常出来骚扰村庄，人畜受尽其害。当地百姓对这两个害物都恨之入骨，总想除掉它们。

有个僧人法号悟静，云游至此，了解到此事，决心为民除害。但这两个害物又十分厉害，除掉它们谈何容易？

僧人找来天下最好的工匠，用了七七四十九天打造出了一把"降龙剑"，再用天山玉兰花露水精蘸了九九八十一天。这降龙剑造成后，夜间闪闪发光，寒气逼人。一段顽木，只要剑落，不费吹灰之力便可两断，削铁、劈石皆不在话下。工匠又用七七四十九天打了一把"伏虎锏"，采用长白山山顶积雪淬火蘸之，也蘸了九九八十一天，最后铸成。僧人左手提着降龙剑，右手拿着伏虎锏，来到这里的一个山洞，闭门不出，这个洞就是今天的闭关洞。僧人七七四十九天不吃不喝，修炼法术，又用九九八十一天，给这两把利器注入了灵性。至此，万事俱备，只要那两个害物再出来作孽，两件利器便会自动降妖。

一天，妖龙出来正要兴风作浪，降龙剑便"嗖"的一声飞出闭关洞，直向妖龙飞去。妖龙见势不好，转身要跑，哪里还来得及？只见降龙剑寒光闪闪，上下左右飞舞，一时砍得妖龙龙血四溅，转瞬间龙头落地。僧人将龙头点成巨石，就变成了龙头石。

不久，老虎又出来骚扰村庄，伏虎铜便飞出闭关洞，直奔老虎而来。老虎见到伏虎铜，惊恐万状，连忙退却，一直退到一个山洞内，以后就再也不敢出来。据说这洞很深，为防止老虎出来伤人，僧人施展法术，洞中便出现巨石，堵住洞口。这洞以后就有了名字，叫老虎洞。

从此这一带就不再有妖龙兴风作浪，老虎也不再骚扰村庄，老百姓过上了安稳的日子。那位本领高超的僧人见目的已经达到，就不知去向了。而龙头石、老虎洞、闭关洞却依然还在。据说成语中的典故"降龙伏虎"就是由此而来的。

（张少琦 搜集整理）

# 孕 妇 山

在板厂峪连绵的群山中，有一座奇特的山峰，峰顶有三个峰尖，其中：一个圆鼓光滑，状如孕妇腹脐；另两个坚挺耸立、形似少女双乳，整个山峰好像一位美丽端庄的孕妇安详地仰卧在那里。

这奇特的山峰是怎么来的呢？

传说明朝隆庆元年，北方边患不断，敌酋长黄台吉经常纠集人马突破长城边防到板厂峪一带烧杀抢掠，闹得当地鸡飞狗跳不得安宁。老百姓深受其害，苦不堪言。有一天，黄台吉率其兵丁又窜入板厂峪西沟第一道石城附近，想冲入山口杀人掠财。兵丁蜂拥一般扑向山口，板厂峪的乡亲面临着血与火的劫难。就在这千钧一发的当口，一位美丽端庄的孕妇，挺身挡在山口中间，拦住兵丁去路。黄台吉大吃一惊，一时竟不知所措。孕妇大义凛然地说道："各位兵勇大哥，你们谁家没有父母？谁家没有兄弟姐妹、妻子儿女？你们怎么忍心祸害这里的老百姓呢？今日你们休想踏入山口一步，你们硬要闯人，就从我身上踏过去！"说罢，她仰面躺在山口处，神态是那样从容安详。敌酋黄台吉是个杀人不眨眼的魔王，他听了孕妇的话，只是愣怔一时，待他缓过神来，正要指挥兵马冲进山口，忽听天崩地裂一声巨响，把黄台吉惊得跌下马来。众兵丁一看，哪里还有孕妇，只见一座山峰，峭立如壁，挡在眼前。只能退不能进，吓得黄台吉不敢久留，狼狈退出山外。因此，板厂峪的老百姓免去了一场刀兵之灾。

原来，这一天正赶上天上日游神巡视到这里，这里惨烈的一幕被他看了个真真切切。为解救孕妇和众多百姓，他急速飞报玉帝，请示定夺。玉帝听了日游神禀报，认为情势紧急，立即传下御旨，叫日游神自行处理。日游神领旨即便返回，他降下祥云对着孕妇用手一指，孕妇仰卧之处，便突兀生出一座山峰。其实孕妇并没有死，她的凛然正气感动了上苍，被日游神收上天庭做神仙去了。

后人为了纪念这位救民于水火的孕妇，就把这里叫作孕妇山，还为她雕塑了一尊高大的慈母像，让子孙后代永远记住她的贤良和恩德。

（郭永春 搜集整理）

# 鸡 冠 山

板厂峪长城脚下有一座巍峨的高山，因其状如鸡冠，故名鸡冠山。

远古时候，这里不仅山清水秀，而且民风淳朴，人们过着和平安定的日子。可意想不到的事却发生了。

那是一个月朗星稀的夏夜，天闷热得厉害，人们饭后都到场上歇凉，大人们聚在一起唠家常，小孩们却不顾闷热跑去捉迷藏。忽然狂风大作，团团浓密的乌云遮住了天空，霎时间飞沙走石，天昏地暗，所有的人都懵了。当人们清醒过来时，早已风停云散了。人们正在诧异时，一个孩子跑过来，惊慌失措地告诉大家，刚才刮风后，和他一起玩的四个伙伴全都不见了。人们一下子慌乱起来，互相谈论起了刚刚发生的事情。一位古稀老人捻着胡子说："大家别乱，今夜事有蹊跷，为防止再出事，我们都先回去，明日再找孩子。"无奈人们都回了家，就连丢孩子的都未敢擅自行动。

人们忐忑不安地度过了一个夜晚。第二天，又自发地聚在一起找孩子，村里村外都寻遍了也没有找到。就在人们惊慌失措的时候，怪事却接二连三地发生了，村里又连续丢了六个小孩，就和上次一样，而且这一带山上蝎子、蜈蚣多了起来，许多人上山都被蜇了。人们猜测：莫非出了妖怪？于是人们请了巫师来捉妖，可每次做法时都会有一阵飞沙走石，之后巫师就不见了。几天后，人们在后山发现巫师的法衣。

万般无奈，许多人家都搬走了，留下一群年老体衰的，每日里求神拜佛，希望佛祖保佑他们。

真是苍天有眼，正巧那天太白金星来此采药，法眼一瞧就感觉此处妖气弥漫，掐指一算，才知道此处的蝎子和蜈蚣修炼千年，已然成了人形，且危害人类，他便有了除害之心。于是手摇拂尘，进得山去。

可谁知太白与那二妖战不及百个回合，就被那蝎子蜇到了大腿。太白一见不好，连忙驾起祥云，带伤而去。

回到天庭，太白忙上奏了此事。玉帝一听大惊，忙道："这还了得，二郎神，派你带本部天将去擒拿二妖，不得有误。""遵旨。"二郎神信心十足地领旨而去。

二郎神下界，与那两个妖怪大战起来，直杀得天昏地暗，日月无光。他们大战了五百回合，二郎神一戟刺中了蜈蚣精。蜈蚣精惨叫一声，现了原形，原来是一条扁担长的大蜈蚣。二郎神一分神，不幸被蝎子精蜇中了右臂，蝎子精借机逃了。

回到天庭，众仙一见连二郎神都受了重伤，谁都不敢下界拿妖了。玉帝也发起愁来。这时，太白金星出班奏道："玉帝，正所谓一物降一物，要擒这蝎子精，只要找一位蝎子的克星即可。""言之有理，可谁能降服它呢？""蝎子最怕的就是鸡，只要让天鸡母子下界即可。""好，准奏。"

天鸡母子下界后，化作人形，先引得蝎子精出了洞府，而后又现出原形，昂首鸣叫一声，那妖怪惨叫着现出原形，原来是一只琵琶大小的蝎子。天鸡扑上前去，将它啄死。

正在此时，只见太白金星驾祥云而来，他宣旨道："玉帝有旨，天鸡母子降妖有功，加封为昴日星官，正式名列仙班。"昴日星官母子正待上天谢恩，闻讯而来的百姓跪在地上叩头，请求他们不要走，怕以后这里的蝎子蜈蚣还会作乱。这下昴日星官母子可为了难：走吧，盛情难却；不走吧，圣意难违。于是灵机一动，摘下帽子说："我们把帽子留在山上，便可压服这些妖怪。"说罢各自将帽子一抛，两顶帽子便落在山顶上。这样，昴日星官母子放心地回天庭复命去了。

时光如梭，斗转星移，昴日星官母子的这两顶帽子就变成了两座山，远远望去，仿佛是鸡冠一样，于是得名"鸡冠山"。直到今天，板厂峪也没有蝎子、蜈蚣危害人类，人们都说，是鸡冠山在保佑着这里。

（赵春莉 陈洁琦 搜集整理）

# 和尚坟之谜

## （一）

抚宁区的白云山庆福寺西侧有一座古墓。古墓后来被掘。墓穴长六米，宽三米，据当年目击掘墓的人说，墓青砖砌椁，内有椟，椟内为棺，椟棺之间有石灰、木炭。棺内为僧人，面色红润如生，脖上挂着佛珠，身着黄袍，上边绣着龙。

据考证，庆福寺建于明朝，明清两朝服饰品级非常严格，除皇家谁能穿黄龙袍？棺内的僧人是谁？

1368 年，和尚出身的朱元璋推翻了元王朝的统治，当上了皇帝，国号大明。朱元璋年老后，立太子的问题使他伤透了脑筋，长子夭折，次子窝囊……他最担心第七子燕王朱棣，这小子鹰嘴猴腮，心胸狡诈，二十多个儿子当中谁也不是他的对手，但朱元璋不想让他当皇帝，所以到病重的时候也没立下太子。临危之际，朱元璋决定让朱允炆继承皇位，因为允炆是长子长孙，不是众皇子的众矢之的，即使有哪个不服，皇子之间也能相互制约。但是想到朱棣，老皇帝还是放心不下，拉着孙子的手老泪纵横，把一个木匣交给孙子，说走到哪儿带到哪儿，在最危急的时候打开。说罢就撒手归西了。

朱允炆继位，后称建文皇帝。

果然不出所料，老皇帝死后，朱棣招兵买马，积草囤粮，在王府内大兴土木，建造宫殿，自小皇帝登基数年不进京朝觐，明显有僭号称帝的迹象，这就迫使建文皇帝有了削藩的念头。可是朱棣拥有精兵三十万人，怎样才能让他交出兵权，建文皇帝想到了九叔朱金。朱金素与燕王不睦，太祖皇帝封朱金为辽东王就是为了牵制朱棣。

为了秘密行事，建文皇帝谎称有病，把朝事托付给了重臣，自己带着贴心太监黄贤微服出了宫。

主仆二人扮成商贾模样，不一日来到山海关。建文皇帝向九叔哭诉燕王不轨之事，朱金气得咬牙切齿。他早有讨逆之心，只是师出无名，今天有了朝廷旨意，立即调动关里关外二十万人马，以太祖皇帝殡天不进京服丧为由向燕王发难。

两军会战于玉田，结果辽东军大败，退于深州；又大败，退守兔耳山寨。燕王大军攻克兔耳山寨，朱金被乱军所杀。

建文皇帝随溃军东逃至石门，慌不择路，误入黄土营古道，钻进了白云山。主仆二人相互搀扶，狂奔在荆棘密林中，看到山下一座古庙，跑了进去，"咕咚"关上了山门。

庙为庆福寺，早已荒废，断瓦残垣，野草丛生，耳房已经坍塌，仅存正殿三间。黄贤拨开门上的蜘蛛网，用袖子掸了掸地上的灰尘，说："圣上，此处不比金銮殿，将就坐下吧。"

建文皇帝想自己堂堂一个皇帝落到这般地步，而且追兵在后，生死未卜，不禁放声大哭。黄贤无法相劝，也陪着哭。哭着哭着建文皇帝突然不哭了，他想起太祖皇帝临终前所赐的匣子还带在身边，现在不是最危急的时候吗，为什么不打开？

黄贤打开匣子，原来是太祖皇帝当年用过的度牒、剃头刀、木钵。建文皇帝恍然大悟，拔下头簪，散开了头发，对黄贤说："剃吧，剃光了。"黄贤拿着剃头刀踌躇不决："圣上，不能啊。"建文皇帝骂道："混账，还不快下手，追兵一到就来不及了。"

就在这个时候，奇怪的事情发生了：白云山顶上喷放出一朵朵白云，白云随风漫散，像一幕帷幔垂落下来，把一座白云山包裹得严严实实。追兵到了山前看不到白云山，就往前追了下去。

燕王大军乘胜追击，趁势吞并了辽东，索性一不做二不休，挥师南下，包围了都城南京。城破之日皇宫内陡起大火，火灭后燕王进宫寻找建文皇帝，见一具具烧焦了的尸体面目难辨。燕王一阵感叹，竟也掉下了几滴伤心的眼泪。

燕王做了皇帝，就是后来的明成祖，迁都北京。

建文皇帝生死不能确定，成了朱棣一块心病。其实他也不希望建文皇帝真的死了，夺了亲侄的皇位本来就不道德，为臣的逼死皇帝就更是大逆不道。他的本意是逼建文皇帝禅位，然后再给他修个别宫颐养天年，想不到结果却出人意料。听说老皇帝临终交给孙子一个木匣子，木匣子也不见了，朱棣断定建文皇帝还活着，带着匣子南逃了，匣子里装着老皇帝的遗诏，准备东山再起。

朱棣派出一拨拨人马寻找建文皇帝，但是都无功而返。又派亲信太监郑和以经商为名三下南洋，找遍了南洋诸岛以及暹罗、缅甸、印度，也没有建文皇帝的下落。

有一年，朱棣巡视边关来至石门，突然战马失惊，嘶叫一声，驮着他钻进了黄土营，护驾人马在后边追赶不上，朱棣单人匹马进了白云山。

马的脚步渐渐放慢，在庆福寺前停了下来，朱棣拴好马，走进山门。一个老和尚正在扫院子，愣愣地看了一眼朱棣，扔下扫帚进了佛堂。

幻空和尚正在念经，微睁双目问："慌什么？"老和尚未及开口，朱棣一步迈了进来。见幻空和尚年在五十多岁，佛光满目，好生眼熟，他突然想起一个人来，虽然现在微胖，但骨骼未变，左边鼻翼上豆大的黑痣更是佐证。

"寡人唐突，扰了佛门清静，万望见谅。敢问大师生于何地，于何时出家？"

"阿弥陀佛，生于生地，于亡时出家。"

这时朱棣眼睛有些湿润，揉了揉眼睛说："你不是侄儿允炆吗？"

"昨是而今非。"

朱棣落下泪来："允炆，你让我找得好苦。靖难之战，七叔实属无奈。"

"阿弥陀佛，那是你们叔侄之间的事，与幻空何干？"

朱棣还想问，见幻空又敲响木鱼念起经来，也罢，允炆既已遁入空门，万念俱灰，还追问什么？这时护驾人马已来至山门外，朱棣告别幻空，离了庆福寺。

两个月后，朝廷赐庆福寺白银一万两，皇袍一件，幻空领旨谢恩。可是幻空依然苦行化募，所赐白银一两未动，而是秘密藏了起来。

庆福寺毁于一场大火，幻空在那场大火中圆寂，享年一百一十岁。

庆福寺从此变为废墟。

# （二）

和尚坟内的僧人并不是幻空，因为在庆福寺破旧得不能遮风挡雨的状况下，幻空和尚都不动朱棣所赐的一万两白银，怎么能领受他的皇袍玉带？那么坟内的僧人会是谁呢？

明崇祯十七年（1645年），明王朝内忧外患。崇祯皇帝的日子实在是不好过。这年腊月，李自成趁大明精兵布防于长城一线抵御清兵，乘虚攻入了北京。

腊月三十这天，崇祯盼着吴三桂的救兵，心急如焚，一口气从乾清宫跑上了煤山，居高临下，见李自成兵马已经攻破了外城，紫禁城被围得铁桶似的，觉得大势已去，又一口气跑回乾清宫。在这里崇祯写下了最后一道诏书，对闯王陈说大明亡国乃他一人之罪，不要祸及苍生，写罢又由太监王承恩陪伴上了煤山，把脑袋伸进了老槐树上的白绫套子，宣告了大明王朝的灭亡。

宫内的嫔妃见皇帝已死，上吊的上吊，吞金的吞金，皇宫里悲天怆地，乱成了一团。

明太子朱云琛于前一日乔装混出了紫禁城，见街上盘查严紧，只好钻进了马厩的草垛，在里边藏了三天三夜，出来的时候，已经换了一个人一样，满脸污垢，黄皮寡瘦，俨然一个叫花子模样，大摇大摆走在街上，也没人相信他就是皇太子。朱云琛就这样沿街乞讨，出了北京城。

这时云琛听说父皇已死，背地悲恸了一回，只好遵父皇所嘱去山海关投奔吴三桂。但是他生下来就锦衣玉食，一切由人服侍，生活上要一切从头开始，所以在京东盘桓了月余也没走出遵化地界。这时候听说吴三桂已经投降了大清，把李自成从北京赶了出去，六岁的顺治做了皇帝。云琛绝望到了极点，国破家亡，不知道投靠谁，只好漫天下乞讨。过了一年半以后，乞讨到了长城脚下的小镇驻操营。

云琛继续往东走，翻过几座山到了温庄。时值五月，庄稼长到了二尺多高，正是农民锄地的季节。为了省下时间，人们把午饭带到地里，地埂上摆放着盛饭的坛坛罐罐。云琛已经两顿没讨到饭，饿得两眼冒金花。他饥肠辘辘地走在田埂上，看到一个罐里有两个菜团子，瞅瞅四下无人，拿起一个就咬。

"喂，谁让你吃的，我还没吃呢。"从土坡后边跑出个十一二岁的小姑娘。云琛看来了人，红着脸把菜团子送回罐子里。小姑娘又说："看，咬了一口又送回去，你这个脏样子，谁吃你剩的。"云琛不好意思地又拿起来，狼吞虎咽地往下吃，几口就吃没了。

小姑娘吃惊地说："你真是饿急了，那个也吃了吧。"云琛并不客气，拿起来又吃。

"看你挺大的个子，干啥不好非要饭呢？"

云琛的脸腾地红了："我……啥也不会干。"

"放羊你干不？"

"我不会放羊。"

姑娘又笑了："放羊有啥不会的：早晨把羊赶上山，天黑再赶回来，羊走你也走，羊停你也停，看着它们别祸害人就行了。"说罢拉着云琛就跑，边跑边喊着："爹，我给你找了个放羊的。"

云琛当上了放羊倌。

东家姓温，叫温老宽，早年妻子不孕，五十岁上才生下女儿玉兰，老两口视如掌上明珠。温家并不富裕，种着祖上留下的几亩薄田，养着一群羊。以前温老宽没病没灾还好说，自从去年得了场病，突然觉得老了，力不从心了，决定找个放羊的帮帮手。

云琛每天把羊赶进白云山里，那儿有丰嫩的草，羊吃得饱饱的，天黑再把羊赶回家来。

一家人待云琛很好，特别是玉兰，哥一声兄一声地叫着，那声音甜甜的，让人听着心里边舒服。玉兰时常和云琛一块儿去放羊，两个人把羊圈在山沟里，就坐在大石头上。云琛手把手地教玉兰写字，给她讲《天仙配》《白蛇传》。云琛爱看她那种听得痴痴迷迷的样子，都说皇宫里的女孩子美，她们哪有玉兰美呢。

"哥，"玉兰心思重重地问他，"白蛇给你做媳妇要不要？"

"不要。"

"七仙女呢？"

"不要，谁我也不要。在你们家放一辈子羊。"

"哥，这我就放心了。"

云琛在温家每天吃得饱，睡得足，无忧无虑，像大旱的庄稼遇了及时雨，一天天变得面色红润，出落得仪表堂堂。温老宽心里早就有了谱，他膝下无子，要把云琛招赘为婿，只是两个孩子还小，等两年再说。

云琛十八岁这年，温老宽给他和玉兰办了喜事。婚后夫妻甜蜜，玉兰很快怀了孕，快要分娩的这一天，玉兰说想吃鱼，云琛答应一声，去了黄土营买鱼。

黄土营街上到处张贴着云琛的画像，人们都在围着看："缉拿要犯：明太子朱云琛，十八岁……"

原来自从明朝亡后，抗清志士打着抗清复明的旗号到处拥立假太子，结果一个个被剿灭，一个个被戳穿。清廷决定缉拿真太子归案，一直追查到了这里。

云琛拉下草帽，遮住了半张脸，匆匆买了鱼，沿山路往回赶，走到温庄外的山坡上，见一队清兵从村里走出来，慌忙藏在了大松树后面。

家里的情形把他惊呆了，岳父岳母身首异处，倒在血泊中，玉兰不见了。邻居说云琛走后就来了清兵，见他不在就杀了二老，当时白云山上雾特别大，村里对面不见人，玉兰也许逃进山里了。

云琛一口气跑进白云山，在一块大石头后边找到了玉兰。玉兰躺在地上，身下一片血污，人已经奄奄一息了。玉兰见他第一句话就说："生了，是个儿子。"云琛四处张望："人呢，孩子呢？"

"一个和尚抱……走了。记住，孩子左手腕有痣，我……咬掉了他的小手指。"

"玉兰。"云琛抱着玉兰大放悲声，直哭得松林吼叫起来，山雀也不唱了。他不能没有玉兰，除了玉兰还有谁是他的亲人？哭着哭着就累了，闭上眼睛，心里想就这样怀抱着玉兰一块儿死去。

忽然，头顶上响起一个深沉的声音："舍利子，你要重建庆福寺，不脱尘俗，更待何时？"

眼前一片红光。他放下玉兰，沿着红光往前走，进了一座殿堂，身不由己地坐在蒲团上。一个鼻翼上长着黑痣的老和尚拿出剃头刀，在他脑袋上"沙沙"地刮了起来，嘴里还说出一句云山雾罩的话："二百三十年的因果，今朝了断，阿弥陀佛。"

山风吹来，他打了个冷战，眼前哪有什么庙宇，更没有老和尚。

他正坐在庆福寺废墟的石阶上，可是摸摸脑袋，光秃秃的确是落了发。身边放着一个黄布包袱，一个木匣，两张图。包袱里包的是一件黄龙袍；拉开木匣，放着度牒、木钵、剃头刀；一张图画着重建以后的庆福寺，一张图画着白云山的五沟八梁，下边写着一句偈语：九缸十八锅，不在南山在北坡。

从此他像换个人一样，仿佛世间没有了朱云琛。他不再怀念玉兰，不再怀念任何亲人，生即是死，死即是生，他超度了，从此再也没有痛苦。他在庆福寺的废墟上盖了一间草房，从此住了下来，法号圆真。

圆真坐在草房里，认真审视着重建庆福寺的草图，寺院地址设在白云山巅，三层大殿从后而前错落排列。后一层为观音殿，五间；东西两厢各三间偏殿；偏殿两旁挎有耳房。中间为大雄宝殿五间，两厢也是偏殿三间和耳房。前殿为迦蓝殿（关帝庙）五间，侧有钟鼓楼。

圆真看罢倒吸一口凉气，这么气势恢宏的寺院需要多少白银，怕是他五十年也化募不来。

圆真又打开第二幅图，上边画着白云山的山势河流，倒也看不出什么。"九缸十八锅"是什么意思？相传当年成祖皇帝赐给幻空长老一万两白银，莫不是分装成了九缸十八锅，埋藏在白云山上？如果能找到这些藏银，重建庆福寺可就有望了。

"不在南山在北坡"，圆真每天到北坡上去找，可是花费了半年的时间，几乎翻遍了北山，也没找到一两银子。

圆真还不死心，这天又捧着藏宝图愣愣出神，看着看着，上边浮现出了八卦图像。圆真心里陡然像一扇窗户打开，眼前豁然开朗，藏宝地点就在一句偈语中：九、十在五行中属水，属北方，"缸"乃罡的谐音，罡为北斗，意为天，八卦中乾为天，乾位在西北；"十"、"八"拆合为"木"字，"锅"为"口"，"木"、"口"组合为"杏"字，具体位置应在一棵老杏树的下边。

第二天，圆真果然找到了那棵老杏树，挪开树下边一块大石头，用锹挖下去，"当啷"触到了一块石板，搬开石板，下边一个洞，哇，里边坛坛罐罐，满是白花花的银子。

人们不禁要问，说了半天，和尚坟里埋的是不是圆真？别忙，故事还没讲完，喘口气再说。

## （三）

圆真掘出藏银，分处掩埋，为了不引人注意，经常以化募为名，四处兑换碎银铜钱，回来后筹工备料，开山垒墙。到了顺治十六年，观音寺、大雄宝殿已修建完工，至此庆福寺已初具规模。

这日圆真去昌黎一带化募，背着沉甸甸的银钱往回走。走到马家峪东山，忽听后边有人喊："站住。"圆真回头看，两个彪形大汉提着木棍追上来。圆真加快了脚步，可是背着口袋怎么也走不快。两个大汉追上来，一前一后挡住了去路，把他拽进松树林，捆在老松树上。

"让你站住你偏走，这回让你走！"

"阿弥陀佛。"

"还阿弥呢，等着喂狼吧。"说着一个劫匪拿起钱袋。突然，飞来一个小石子砸在他的手腕上，钱袋"咕咚"落了地。另一个劫匪说："真废物，这点儿钱都拿不动。"说着弯腰去拿，又一个小石子砸在手腕上，钱袋又落了地。两个劫匪你看我我看你，不知石子从哪儿飞来，砸得胳膊麻麻的。突然腿又挨了石子，两个人几乎同时跪在地上，直愣着眼睛动弹不了。

"嘻……这两下子还劫道呢。"一个十二三岁的孩子从松树上跳下来，轻得像个鸟儿一样落地，一边给圆真解着绳子一边说："师父，咱走吧，这两个贼中了麻穴，两个时辰自然解开。"

两个人重新上路，圆真问孩子姓什么，叫什么，家住哪儿。孩子说他叫佛佑，十二岁，爹是谁妈是谁姓什么都不知道，是石佛寺的老和尚从庙后捡来的。师父从小教他内功、硬功，今天师父告诉他，说你该下山了，卯时有个圆真和尚从马家峪东山过，他才是你真正的师父。于是，他遵照师父吩咐就来这儿等着，真的等来了。

佛佑越说越高兴，那钱袋你背一段我背一段，两个人有说有笑回了庆福寺。

第二天圆真为佛佑剃度，拿起太祖皇帝当年的剃头刀，几刀下去就露出了光亮亮的头皮。这时佛佑耳朵里痒了，伸出左手去挖耳朵，圆真的手在空中停下来。他看到了佛佑手腕上的青痣，小手指短了一截。他想起玉兰临死说的一句话："孩子生了，是个儿子，孩子左手腕上有一痣，我咬断了他的小手指。"

"师父怎么了？"

"阿弥陀佛……"

圆真忍住泪水。俗为父子，空为师徒，为什么把那些痛心的往事告诉孩子，承担尘俗的烦恼？不能，至死不能。

从此佛佑在庆福寺出家，法号明机。

圆真师徒二人共创大业，五年后前殿和钟鼓楼落成，并在寺东建了三座十三级八角玲珑塔，庆福寺全部竣工。从此庆福寺香火鼎盛，寺内有僧人四十余众，誉为京东第一寺。

明机为护寺大师，每日练习武功，操练僧众，从不松懈。

这年八月十五深夜，全寺僧人正在熟睡，被一阵喧嚣声吵醒，庆福寺被三百多胡匪团团围住，月光下一个个面目狰狞，叫喊着要圆真献出白银三千两，不然的话杀进庙去片瓦不留。

圆真登上山门："阿弥陀佛，僧人以化募为生，哪来那么多银子。"

"别装穷了，你们庆福寺有的是银子，学乖的快献出来，别等着咱爷们儿费事。"

明机站在师父身边说："别跟他们费舌头，看我的。"说着又对墙外的胡匪说："你们听着，我这儿有个金豆子，接好了。"说时迟那时快，手中的一颗黄豆粒已经出手，深深地嵌在为首胡匪的脑门上，匪首"哎呀"一声坐在地上。别的胡匪以为真是金豆子，赶紧往外抠，可是怎么也抠不出来了。

众胡匪一窝蜂似的冲上台阶，明机掏出一把黄豆，"刷"地撒出手。胡匪们号叫着滚下了石阶。

这时，另一股胡匪从后殿攻了进来。

一个胡匪挥舞着木棍朝明机的脑门打来。明机一手接住，顺势一扫，胡匪抱着腿在地上翻滚。一个女胡匪冲上来，她使的是长长的皮鞭，一鞭甩过来，缠住了明机的腰，越抖越紧。明机气运丹田，"嘣"的一声，皮鞭断成数截。明机拿起一截甩出手去，这软软的皮子却像一支箭似的冲着女匪飞去，正好刺在了裤带上，"呼啦"一下，裤子掉下来。女匪尖叫一声，提着裤子逃跑了。

明机身上的黄豆已经不多，四十几个胡匪齐压压逼过来。明机一步步后退，退到耳房的水缸边，顺手抓起水瓢，舀瓢水含进嘴里，"噗"地一口喷出去。细小的水珠像一根根钢针刺在胡匪脸上，彻骨钻心似的疼痛，胡匪们"嗷嗷"叫着，捂着脸跑出了庆福寺。

从此胡匪再不敢犯。

又一件怪事发生了：清早小和尚到山下去担水，一去就没回来，原以为是小和尚难耐佛门的清规还俗了，可是没过几天，又一个担水的和尚失踪了。一连四个和尚，每次都是水桶放在井台上，人却没了。这件事引起了庆福寺极大的恐慌，和尚们谁也不敢到山下去担水，都怕回不来。

明机觉得蹊跷，一定要查明真相。

他沿着崎岖的山路来到山下。他故意把动静弄大一些，"啪"地把水桶放在井台上，慢腾腾把水桶挂在扁担钩上，又慢腾腾把水提上来。这时候，山沟里"吱呀吱呀"水桶声传来。明机循着声音望去，一位纤弱的女子来担水了。"小师父慢走，"那声音，那眼神，足以勾走男人的魂灵。

女子走上井台，又一笑说："我刚从外乡搬来，我们那儿用辘轳打水，从来没用扁担提过水……"

明机明白她的意思，说："施主，我给你提上来。"说着就给她提了水。女子又说："小师父，山路步步登高，我担回家要歇上七八回，您能不能……"

明机说："能，你在前边引路。"

明机被女人带进一条阴森森的山沟。沟里只她家一户。明机来庆福寺这么多年，也不知道这里还住着人家。女人好像知道明机心里在想什么，说她原来住在峪门口，为了躲仇家才搬到这儿来。

明机把水倒进缸里，被女人让进屋。明机问："敢问施主，您的相公……"

"他在外边做皮板买卖，一年也不回来两趟。"

女子长叹一声，满脸的哀怨。明机看着屋里屋外，也没看出什么，虽然这女子神情有些放荡，也不像能害人的。再说了，师兄们哪个不是身强力壮，怎能被一个手无缚鸡之力的弱女子害了？"施主，贫僧还要担水回去，告辞了。"

"别走。"女子扑上来抱住明机，哀求着说："住在这条沟里，一天也看不到人，特别是男人，女人没男人就觉得孤单枯燥，像没了水的鱼一样难熬。"

明机被女子这突然的举动搞得惊慌失措，想推开她，可是两只胳膊被抱住了，越抱越紧。明机闭上眼睛，念着阿弥陀佛……她怎么这么大的力气，搂得他眼冒金星，喘不上气来，为什么这般彻骨冰凉？

明机睁开眼睛，哪有什么弱女子，原来是一条碗口粗的黑蛇盘在身上，正抬着可憎的脑袋，吐着火红的芯子对着他。

"孽障，松开不松开？！"

黑蛇越缠越紧，明机就要挺不住了。这么多年来，他没杀害过一个生灵，为了死去的师兄，开一次杀戒又何妨。明机暗运内力，"嘿"的一声，挣断了黑蛇的筋骨，黑蛇瘫软地脱落下去。

杀死黑蛇，圆真没怪罪明机，反而更加疼爱他。

　　这些日子圆真的话突然多了起来，对明机透露了不该透露的玄机，说庆福寺有三次磨难，第一次是明朝隆庆三年，那时寺院在山下，幻空师父在大火中圆寂，他重建庆福寺就是幻空埋藏的白银，他仅用了三分之一；第二次磨难就快到了，再次重建庆福寺的银子藏在他圆寂坐的地方；第三次磨难年代太远，说了也没用，重建的白银藏在哪儿后人自然能找到。

　　一天，明机奉师命去山海关石进士府上化募碑文，不巧石进士不在家，天黑才回来，写好碑文已经是第二天。当明机拿了碑文赶回来时，庆福寺已经变成了灰烬，仅剩下七八个劫后余生的师兄坐在山门的石阶上。

　　明机痛不欲生，到处寻找师父，可怎么也没找到。明机问师父昨夜睡在哪儿，师兄们谁也不知道。最后找到后殿的耳房，清除了坍塌的瓦砾，才找到了烧得面目全非的师父，圆寂时还保持着打坐的姿势。

　　夜深人静以后，明机在师父圆寂的地下找到一个包袱，里边一件黄龙袍，一个木匣，里边有度牒、木钵、剃头刀。里边没见藏银，而是一张寺内藏宝图。明机按图上所指的位置，找到了藏银，正好三千三百两。

　　从此，明机开始了第二次重建庆福寺的恢宏大业。

　　说了半天，和尚坟内是不是圆真？肯定不是，当年目击掘墓的人说，墓里的和尚面色红润如生，而圆真死的时候烧得面目全非。那么是不是后来的明机？当然不可能，因为圆真至死没说出明机的身世，自知与皇室无缘，怎敢穿龙袍入葬。会是谁呢，肯定另有其人。

至于庆福寺藏宝的故事，更是虚妄之谈。故事就是瞎话儿，藏宝图只是一个前赴后继、艰苦创业的隐喻，读者朋友切不可当真而走火入魔。

（杨本堂 搜集整理）

# 传说

# "常遇春" 护盐

　　话说明朝洪武十四年，开国大将军徐达率领兵将来到了长城东部起点山海卫，建起了一座关城，又将山海卫命名为山海关，自此，便有了号称天下第一的古城与雄关。驻扎时间久了，徐达将军对山海关周边地区的自然环境、地形地貌和风土人情都有了进一步的了解，他发现山海关西边三十里开外有一处沙软潮平的浅海滩，很适合晒盐。在当时，盐是重要物资，可食用，也可药用，如果能在此建成大片盐田，这对朝廷和百姓都会大有好处。于是，他上奏朝廷，提出了自己的见解。后来，朝廷采纳了徐达的建议，拨来了经费，派来了盐务官，专门在此开辟盐场，管理盐业的生产经营。渐渐地，此地盐的产量逐渐增加，名声也越传越远。

　　那个年月，北部山区和草原地带都是缺乏盐的地方，而且那里又不归明朝政府管辖，由于渤海岸边有大量的盐，那边有人便打起了歪主意，经常来偷盐、抢盐。因此，盐务官经常要忙于盐场的防务，并为此伤透了脑筋。有一天，盐务官接到了下属的可靠情报，从长城以北混进来两拨人马，是专程来此抢盐的。盐务官这下犯了难，保护盐场的官兵只有几十人，如果来的贼人过多，可怎么护得住？若是盐场遭受了损失，朝廷怪罪下来，自己一定会倒大霉的。他暗自叫苦："老常啊，老常，人们都以为这个盐务官是个肥缺，可有谁知道你的苦哇，唉……"情急之下，他突然开了窍儿，眼珠转了转，想出了一个好主意……

第二天，盐场附近同时出现了一些内容相同的布告，大致是这样："末将受朝廷之命，特来此保护盐场，维护正常晒盐之举。望各界仁人尊奉我大明律法，洁身自爱，积德行善，好自为之。如若有人图谋不轨，盗抢盐场物品，定将杀无赦，并抄尽其自家私产。"布告最后的落款是本朝护国公——常遇春。

也就是从那天起，常大将军真的亲率一队人马巡逻了。他胯下一匹高头战马，掌中托着一杆点钢大枪，魁梧的身段，黝黑的脸堂，炯炯有神的目光，顶盔裹甲，身披紫战袍，足蹬红战靴，好一位威风凛凛的英雄啊。这常遇春谁人不晓？他是大明朝的开国元勋，威震敌胆名声显赫，历尽沙场，身经百战，身怀绝技，有万夫不当之勇，有他老人家镇守盐场，谁还敢来打歪主意？那得先摸摸自己的脑袋是否还长在脖子上啊。

再说那两拨抢盐的人马，他们真的来了，就装成买卖人住在附近的马坊、铁庄一带，可他们一打探，得知大将军常遇春在此镇守，不由得倒吸了一口凉气，不得不放弃原来的计划，装模作样地做了几宗买卖，随后逃之夭夭了。

其实，大名鼎鼎的常遇春老将军根本就没到此地来，那位骑着高头大马的将军是一名兵士化妆的，这都是那位盐务官设的计策，因为他姓常，确实是常遇春家族的嫡亲，便想出了利用先辈威望吓退强盗的主意。

后来，盐务官和一些盐工们在此定居下来，形成了一个村庄叫盐务村，又由于盐场扩大，人口不断增多，变成了东盐务和西盐务两个村子。数百年之后，陆地增大海水退却，东、西盐务已经不是紧邻海边的村子了。不过，盐务官的后人仍定居在此，如今，海港镇东盐务村的大多数人家还是姓常。

（东方仁 搜集整理）

# 义和团吓退洋兵

秦皇岛境内的老龙头是明代万里长城之首，它雄伟壮观，气势磅礴，像一条巨龙锁山镇海，令世界瞩目。然而，1900 年，八国联军在进攻北京期间，靠坚船利炮攻占了老龙头，致使它的城垣楼宇全被击毁。如今的老龙头是进入新的历史时期之后重修的。其实，当时八国联军想在渤海岸边登陆，最先打的是秦皇岛港的主意，而不是老龙头，只是这鬼主意没能得逞。

1900 年农历六月，三艘帝国主义的军舰耀武扬威地逼近了秦皇岛港，企图派兵强行登陆，进而占领更多的中国领土。当时，八国联军的侵华战争已经全面展开，腐败无能的清朝政府表现懦弱，可下层官兵和普通百姓却义愤填膺，表现出来高涨的爱国热情。

有人立刻将情报飞报给义和团首领段曰礼，当时，段首领和义和团大队人马驻扎在山海关，接到情报之后，他感到军情紧急，事关重大，与身边几位头领简单商议之后，立刻传下号令，召集人马，火速向秦皇岛港进军。义和团进入港区后，面对着虎视眈眈的敌舰，立刻在码头上布置好兵力，分划区域分别把守，并安排了人员严密监视敌人的一举一动，众弟兄和护港兵士们同仇敌忾，斗志高昂，要与侵略者决一死战。

敌舰来犯时气势汹汹，但是他们的坚船利炮只有海上优势，真要是离开军舰冲到陆地决斗，却要三思而后行了。三艘军舰停在锚地不动，他们的指挥官却没闲着，几乎一刻不停地用望远镜观察着码头上的动静，看到护港的义和团众弟兄和清军官兵严阵以待，烧毁了岸边的木栈桥，拆除了一部分铁路设施，知道中国军民已做好了决战的准备。几名侵略军将领考虑再三，不敢贸然下令登陆，最后竟调转船头，悻悻地走了。

码头上一片欢呼声，段首领更是笑声朗朗，带领众人高呼口号，抗敌的意志更加高涨。善良的义和团弟兄和兵士们哪里知道，他们这点小小的胜利，与那场战争丧权辱国的结局相比，是多么微不足道啊。

可悲的是，清政府不顾民众的反帝决心，农历八月，竟下达了让山海关一带驻军自行撤退的命令，这样，八国联军很容易便攻占了老龙头，随即，又占据了岸边大片领土。从此，我国进一步从封建社会沦为半封建半殖民地社会。

（华人　搜集整理）

# 白龙湖因何得名

人民公园坐落在海港区繁华地段，是人们休闲游玩的好地方。园内最为引人的景观是一片明澈的湖水，所有来公园游玩的人都喜欢来湖边徜徉。这座湖名叫白龙湖，因何得此名呢？那还得从遥远的宋朝说起。

在北宋时期，秦皇岛地区被划归在辽国版图上，很长的一段时期内，这里是宋辽两国的边境地带。因此，宋辽双方常有冲突，大大小小的"拉锯战"经常发生在这方土地上。话说有这么一天，北宋著名战将狄青率一队人马来到了渤海岸边，宋军准备采取行动，要给辽军一次出其不意的打击。狄青是大宋朝赫赫有名的战将，他不仅身材魁梧，相貌堂堂，而且治军有方，功勋卓著，将士们随他出征，个个信心十足，士气高涨。

来到一片树林间，狄青将军看到天色已晚，便命令安营扎寨，并传令下去埋锅造饭，让军士们抓紧时间休息，同时，四下派出岗哨。时间不长，有传令兵来报：启禀将军，密林中发现一座淡水湖，湖水清净，可以供我军将士饮用。好啊，狄将军心生喜悦，解决了吃水问题，不用派人去远处找水了。

一队人马在林中安歇，一夜无话。

天色刚刚见亮，一场大雾弥漫过来，天气潮乎乎的令人感到闷热。此时，因为夜里秉烛习读兵书，狄青将军才入睡了不到一个时辰，便被来报信的哨兵惊醒了。哨兵报告说："发现了重要情况，在密林中的那、那、那座湖边，出现了一条……白龙！"

"啊？一条白龙！这……可能吗？你们到底看清楚了没有？"将军皱紧眉头两目放光，当即提出了疑问。

"看清楚啦，白花花的一……一条大龙啊，围在湖边走……走走停停的，看那样式，是要……是要保护那座湖哇，吓得弟兄们都……都不敢到湖边取水啦。"哨兵因为心里慌乱，说话结结巴巴的，可还是把事情讲清楚了。

"你们谁到近前去仔细看啦？"

面对将军的提问，哨兵直言回禀："我的爷爷哟，谁还敢跑到近前看哪！远远地看见那……那条龙我们的腿肚子就……转筋了，跑回来向……向您禀报我这腿还……还……还直哆嗦呢。"

"走，看看去！"狄青将军佩挂好腰刀，率众人奔向湖边。

远离湖边的周围簇拥着不少军士，却没有谁敢过去看个究竟，大家一面议论纷纷，一面战战兢兢，看到大将军来了，这下可有了主心骨，便呼啦一声围了过来。有道是艺高人胆大，狄青拨开众人，稳健地往前走了几步，两道犀利的目光扫向湖边。透过缥缈的云雾，只见一条灰白色的长如带状的动物正盘踞在湖边，这只巨大的动物时快时慢不住地蠕动，令人一时辨不清到底是个啥怪物，难怪把人吓得够呛。有人说是龙，它长着一条长长的、巨大的身子，倒是有些像，可是，龙只是传说中的圣物，普天之下有谁见过真正的活龙呢？

　　狄青将军根本不信这个邪，他牙关一咬眉头一皱，"呛啷"一声抽出腰刀，冲向湖边要看个究竟。他身边的几名亲兵尽管心里很紧张，也只能仗着胆子跟在将军左右。狄青等人蹑手蹑脚，尽量不弄出响动，悄悄地向怪物靠近。等他们靠到近前，那怪物发现有人过来，突然快速地抖动起身子，随后竟分裂成了许多碎块，而且每一个碎块都跑动起来，并且发出了一阵又一阵"咩咩"的叫声。"哈……哈……"恍然大悟的狄青等人放声大笑，这哪里是白龙啊，原来是一群野羊！

　　快来捉羊啊！将军一声呐喊，军士们七手八脚忙活起来，最后，还真的捉到了几只。那顿早餐大家都尝到了鲜美的羊肉，有人打趣地说："哈哈，咱们吃的可是'龙'肉啊！"

　　狄青将军叫亲兵拿来军用地图，在图上标注了他刚刚为这座湖取好的名字——白龙湖。

　　如今，白龙湖早已不是荒郊野外，周围也没有了密密的树林，它置身在城市中心，承载历史，面向未来。

（轻尘 收集整理）

# 因为有了一口井

如今的民族路南段，是繁华的商业区，每天车水马龙，购物者川流不息，好不热闹。可是，你知道它最早是什么样子吗？你有可能不相信，过去这里是一片盐碱地，如果再往远说，这里还是海滩呢。当然了，我说的是距今很遥远的古代，那时候，秦皇岛还没有建立港口，这个地段不过是个人烟稀少的不毛之地。

后来，这里变得人口稠密，是整个海港区街道最多的地方。清真街、遇井街、道德街、正街、柴禾市、长城路、朝阳街，还有这个条那个条、这个里那个里、这个胡同那个胡同……街道到底多成什么样？这么说吧，如今的老年人想也想不全，如今的年轻人根本不知道。这么多的街道密布在一起，你说占地得有多大？其实啊，别看街道这么多，地方并不大，论长度，不过从民族路最南端往北伸出不到二里地，论宽度说，也就是民族路那么宽。再往大一点儿说，也不过占了太阳城和秦皇小区两边窄窄的一条。为啥会这样？原因其实挺简单，旧社会这么个地界没有门牌号，为了好记、好找，盖了几间房就得取个名字，围成一个院子又得有个叫法。

这里到底是怎么发展起来的呢？告诉你吧，是因为有了一口井。

故事还得从清朝的时候说起。当时，从这儿往西走、往北走，土地较为平整，人们在地里种庄稼、种菜。这块地界呢，虽不能耕种，却可以住人，因此就有了一些人家。不过，那时候这块地界还没有名字，而且住在这里的人家都面临着同一个困难——缺水，要担两桶水得去北大关那边，来回要走好几里路。那时的科学知识很落后，人们认为这样的盐碱地里不会有淡水。据说，当时有一个叫大翟的男子，平日里靠打短工生活，经常到西边给人家收菜，也常到海边帮人家拉大网，结果攒下了几个小钱。他看到人们缺水的困难，决心要在附近打一口井。本来连打井的师傅都联系好了，可人家来这里走了走，皱了皱眉头，说是没把握，不敢保证能出水，即使能有水也不一定能吃。

打井的事情暂时搁下了。

一天，大翟又去海边拉大网，走在半路上，遇见一位白发苍苍、衣衫褴褛的老奶奶，老人手拄着一根枯树棍子做拐杖，很吃力地挪动着腿脚，而且在窄窄的小路上，阻挡了大翟前行的脚步。大翟是位好心人，看到老奶奶行走困难，便主动搭话："老奶奶，您这么大年纪，咋一个人出来呀？"

老奶奶站立住之后，慢慢地转过身，用苍老的声音回答道："哦，我在家里待着太闷啦，出来走走。"说完，又慢慢转过身去，重新拖起笨重的脚步。

"奶奶，您的腿脚这么不利索，还要去哪啊？要不，我背着您去吧？"大翟说完这话，又怕老奶奶不相信自己，又补上一句，"请您相信我，我绝不是坏人。"

"哈……"老奶奶笑了，说，"我看出来了，小伙子，你呀，是好人，是好人哪。好吧，我正要去海边呢，你就背着我去吧。"

大翟俯下身子，把老奶奶背在身上，说："我正好要去海边，顺道。"说完这话，就没再说什么，一直把老奶奶背到海边。

到了地方，大翟把老人放在沙滩上，老奶奶又笑了，说："好心的小伙子，谢谢你。"说完这话，随着一阵风声竟不见了踪影。大翟感到纳闷，不过，他并没有多想什么，只是呆愣了一会儿，便去干活了。

傍晚，大翟回家了，远远地看见有几个人围在一块空地上，中间盘着腿坐着一个人。走近了以后，听到了人们的说话声。"你呀，要饭也不看看地方，这么几间破草房子，家家出去不用锁门，住的都是啥人哪？谁家能有东西给你吃啊？""嗨，你到这么个穷地界来讨要，你傻呀。""我们兴许比你还穷呢，你呀，赶快换地方吧！"

原来，坐在地上的是个要饭的，正遭受着一些人七嘴八舌的数落。

一向同情穷人的大翟凑了过去，摸了摸怀里的四个窝头，那是今天的劳动所得，他掏出来两个递了过去，说："拿去吃吧。"

"哟，谢啦谢啦。"要饭的冲大翟磕了个头，快速地抓过那两个窝头猛咬起来，看那样子，像是好几天没吃饭了。

大翟没说什么，转身回家，舀了半碗凉水，找出一块咸菜，吃下了剩下的两个窝头，然后睡觉了。夜里，他梦见了白天那位老奶奶，老人笑盈盈地摸着他的头说："好心的小伙子，你要打井就放心去打吧，这事一准能成。不过，地点可得选好喽，你得找到一个天不怕地不怕的人，一个谁也管不着他的人，一个穷得一无所有的人，此人待过的地方，才能打井。"

第二天早晨醒来，大翟回想着夜里的梦，觉得奇怪，可又百思不得其解，只得无奈地摇了摇头。他走出家门，要去做短工，路过昨天送给要饭人窝头的地方，猛然一拍大腿："对呀！他猛然清醒了。那要饭的人不就是一无所有吗？不是谁也管不着他吗？他还有啥可怕的？算得上是天不怕地不怕。哈哈，真乃神助我也，打井的地点找到啦！就在这儿打！"

就这样，一口水质清冽甘甜的井打成了，人们吃水不用再跑远路。因此，又有一些人来此居住，人们为这里取了个名字叫遇井街。后来，人口不断增多，有人在附近的街道也打过几次井，不过，那些井的水都不如遇井街那口井的水质好，有的井水还含有有害物质，小孩长期饮用牙齿会变成褐黄色。

如今，人们早就用上了自来水，过去的老式水井全都废弃了，想要找到遇井街那口井的具体位置实属不易，不过，它的大概位置倒不难找，就在太阳城和秦皇小区之间。

（铁锚 搜集整理）

# 闯王洞的传说

在我国，闯王李自成是一位几乎家喻户晓、人人皆知的人物，正是他率领农民起义军推翻了明朝的统治，改写了中国的一段历史。不过，他最终没能成就大业，兵败于更胜一筹的清朝。我国的不少地方，都有被称为"闯王洞"的山洞，传说是闯王兵败后在洞里藏过身。

在北港镇西连峪村的山坳里，也有一个闯王洞，而且也和其他地方的传说大致相同，说的是当年李闯王为了躲避清兵追捕，曾在洞里藏过身。

民间故事大多是经由民间口头流传，却没有实据可查，这么多的"闯王洞"，都说是闯王在此藏过身，到底哪一个是真的呢？其实，除了本地西连峪的闯王洞之外，其他地方关于闯王在山洞内藏身的故事几乎都是真的。你想啊，闯王在山海关战败之后，曾经历了长时间的逃亡过程，他藏身的地点绝不可能只有一个。

如此说来，西连峪的闯王洞是假的不成？非也。此地确有闯王洞，只是它与其他地方的闯王洞不同，并不是闯王藏身的避难所。

话说当年闯王李自成亲率农民起义军直逼山海关，在石河岸边列阵，准备与吴三桂统领的明朝军队守军进行最后的决战。军队驻扎下来之后，安顿好粮草，又往四处派出岗哨，军士们磨刀擦枪，演练兵马，一时间，全军上下士气高扬，充满了必胜的信念。身为军事家，闯王李自成并没有盲目开战，他要为即将到来的战斗做好充分准备。于是，他带领十几名亲兵离开中军帐，到外围查看地形。这样，才在离连峪村不远的地方发现了一个天然山洞。

洞口被一些橡树遮掩着，周围灌木密布杂草丛生，如若不是有心人，这山洞很难被人发现。洞身的容量不算大，仅可容纳几十个人，洞顶很高，石壁嶙峋，有水珠不断地滴落，看那洞底流水的痕迹，如在雨季，洞壁会渗下更多的水。当即，闯王领着众人进入山洞，查看了一番之后，一名亲兵打趣地说："这地方不错嘛，即能拴马，又有水喝，咱要是在这洞里多住几天，该多好啊。"有人回敬他说："别净想美事啦，要打大仗啦，哪里有闲工夫在这儿住哇，等打完了这一仗，请闯王派你专门看守这个山洞来，天天在这儿享清福。"

看着年轻人在斗嘴，闯王也手捻须髯轻松地笑了。不过，他的轻松是暂时的，片刻之后，大战前的压力，重新占据了他的脑海。此时，闯王对战胜吴三桂仍成竹在胸，他并未想到被多尔衮率领的清兵钻了空子。遗憾的是，闯王只来过这个山洞一次，此后再也没有机会重游了。

闯王洞的故事只是个传说，是李闯王战前来过这里，并不是战后来此避难。农民起义军和明朝守军（后来又加上了清兵）摆下的战场就在石河岸边，而闯王洞离石河也不远，战败的农民起义军急速向西溃逃，李自成是不会有时间去那个洞里避难的。

（秦化 搜集整理）

# 龙须河与老爷崖的故事

　　石门寨镇房庄村地处大石河中上游，村头清澈的流水日夜不息，流向著名的风景区燕塞湖。然而，这一段河流有一个独特的名字——龙须河，河边矗立的一座山峰的名称也很独特，人称老爷崖。这山这河因何得名？咱们从一个故事说起。

　　话说当年唐太宗亲率兵马东征，去讨伐高丽国，当时的泾河龙王十分敬仰太宗的品德，为了确保此番东征得胜，便让自己的爱子化成一匹白马，充当太宗的坐骑。唐朝大军从长安出发，沿洛河东进，因昼夜兼程，一路劳顿，途径燕山东麓时，人马已是疲惫不堪。忽见山脚下一条清澈的河流，山腰绿树密布，河边青草环绕，将士们大喜，纷纷拥至河边争饮清泉。路遇水源，唐太宗也很高兴，他翻身下马，亲自牵马到河边饮水。不料，那白马踏进水中竟显现了龙身，那白龙一声长吟溯流而上，几乎在眨眼之间便潜入到上游深潭中。太宗深知大军必须继续赶路，此地不可久留，可又舍不得爱马，一时陷入了两难之际。沉吟片刻后，他命令一名马夫留下来等候白马归来，自己换了一匹坐骑，率大队继续东征。

　　唐太宗东征咱按下不表，先说留下来的那位马夫。他是凭借调教良马的本事做了太宗的御前马夫，深得太宗厚爱，多次随军征战，总是尽心尽力忠于职守。这回只身领到了命令，为报君恩，他不敢疏忽，一连多日在山崖上监视水面，毫不疏忽。附近的村民们敬慕马夫重情重义，忠诚有加，都纷纷前来给他送水送饭，并且尊称他为"老爷"。这位老爷在崖上一等就是三年，时间长了便开始修炼道术，每日静悟深潭碧水与树高苍翠之理。转眼又过了三年，终于大彻大悟，他的元神飞升至仙界，据说是接替孙悟空当了天庭的弼马温。而他的肉身却留在山崖上，与岩石融成一体，千百年来一直静静守在潭边，这便是如今我们看到的"老爷崖"。

再说那匹白马，化作白龙之后便以山脚下的深潭为家，还经常跃出深潭顺着河道戏水畅游。不仅岸边的牲畜常常被它当作美食，连村民的生命也受到了它的威胁，而且时常兴风作浪，搅扰民生，这条白龙成了当地百姓的祸害。有一天，一位道行高深的隐士云游至此，得知此地山上有一座老君观，特来拜谒。因此，隐士了解到了白龙危害百姓的事，便决心为民除害。

隐士稳步进入深潭，竟脚步轻盈如履平地，高声断喝唤出白龙，于是，一场惊天动地的厮杀开始了。

只见隐士双手各操一柄椁椤栎宝剑，辗转腾挪，左劈右挡，推波助澜，腾云驾雾，而白龙也不示弱，双目圆睁，龙口大张、吼声如雷，龙尾狂甩。双方你来我往，从水中斗到岸上，从岸上斗到山顶，在老君顶周围斗法三天三夜，直斗得河水暴涨，地动山摇，天昏地暗。最后，隐士获胜，将白龙生擒活捉。

隐士乃得道高人，用不着询问就知道白龙的身世和来此地的缘由。他不忍心杀害白龙，便对它提出要求，要它在老君顶山下水中定居，保佑四周民众安居乐业，保佑这里一脉山川土地风调雨顺，以赎罪过。白龙感恩戴德，当即答应了隐士的要求，从此真的改邪归正了。

隐士没有留下姓名，告别了送行的百姓继续云游四方。后来，有人猜测那位隐士其实就是太上老君的化身，也有人说那隐士是道教的创始人李耳（即老子），再后来有学者研究出结果，说太上老君和老子其实是一个人。直到现在，也没人弄明白那位高深的隐士到底是谁。

从那时起，大石河流经老君顶这一段落，有了一个很大气的名字——龙须河。

（房村仁 搜集整理）

# 卧 象 戍 边

秦始皇统一六国之后，按说应该让老百姓过点安生日子，可是，他为了让自己的子孙世世代代统治老百姓，唯恐江山保不住，就派人去拜访一个有名气的大仙，问大仙今后有谁对他的统治地位不利。那个所谓的大仙也真是坑人，说了一句叫人难懂的含糊话："亡秦者，胡也。"这话憋得秦始皇半个月没睡好觉，老是琢磨这"胡也胡也"。后来，他冷不丁想起来了，北方那些少数民族，不都称为"胡人"吗？敢情他们日后要造反哪，干脆垒道大墙把他们都甩到墙外去得了。

第二天，他派人把大儿子扶苏、大将军蒙恬都给召唤来了，说："从明天起，啥也不用你们干了，都给我垒墙去。"把俩人弄蒙了，一个太子，一个大元帅，去当泥瓦匠？两人不敢反驳，只好低声下气地问："万岁爷，从哪儿垒？垒多高多长啊？"秦始皇说："西接山，东连海。有多长，垒多长。高低尺码没法约，山有多高，垒多高。"他一看俩人还傻愣着，说了声："笨蛋，要你们监工垒大墙，挡胡人的。明白了吗？下去快办吧。"说完，一甩袖子，进里屋睡觉去了。这二位回过味来了，这是防备胡人，修长城啊！这么大的工程得好好筹划筹划。他们把文官武将召到一起，传达了始皇的旨意，叫大家出主意、想办法。大伙儿一听，垒那么高的墙，地基得打多深？石头瓦块咋往上搬？脚手架怎么搭？一个个是牛犊子跟王八支巴架子——大眼儿瞪小眼，谁也说不出个子午卯酉来。还得说丞相李斯聪明，跟太子说："千岁爷，我看这么办，皇上没规定墙直不直，只管瞄着山尖儿，哪儿高往哪儿垒，那不就山多高墙多高了吗？开山采石，掘土烧砖，就地取材，省得远搬。把能干活的老百姓都拘来，几年的工夫就能完成。"他的话大伙儿一致赞成。

他在这儿轻描淡写，却弄得天下老百姓哭爹喊娘，骨肉分离。不管远近，官兵像轰猪赶羊似的把一拨一拨的人往修城的地方赶。干活儿的人就跟蚂蚁一样多，不论天寒地冻，刮风下雨，下尖刀子也照样干。伤了，病了，想歇工？没门儿，爬也得爬到工地上去。稍微喘口气儿，监工的官兵啪啪就是两鞭子。

这一天，有一个白胡子老头儿，牵了一个巨大的长鼻子猪来到修城工地，人们不认得是啥玩意儿，都围着看。老头儿说，这叫大象，力大无穷，要论干活，能顶千八百民夫，这大象是帮大家干活来了。老头儿说着打个口哨，只见大象长鼻子一拱，卷起一块足有半铺炕那么大的石头，一仰头，把石头稳稳当当放在了墙上，民工们齐声喝彩。

就这样，老头儿拉着大象加入了修长城民夫的行列，没日没夜地拼命干，哪里有特大的石料，大象用鼻子一拱就上去了，省了不少民夫的劲，从西到东，走哪儿都受民夫的欢迎。年复一年，这天来到大猫山东口边上，突然，响晴的天，飘来一块乌云，一声炸雷，下起瓢泼大雨。紧接着又连打了几个脆雷，震得地动山摇。

民夫们东躲西藏，找地方避雨。还没容喘口气的工夫，雨住云收，依然烈日当头。等大家跑出来一看，大象却不见了。在大象待的地方，多出了一个象形的山峰。老头儿说，大象是普贤菩萨的坐骑，现在城墙已快完工，它被主人召回去了。民工们却说："大象是累死的，它帮咱们出了大力了。它死后化成了山，是给咱们留着念想呢。"

　　虽然是没边的传说，但确如其传。这正是：万里长城万骨填，历代冤魂逐风烟。卧象戍边血泪史，宏功伟绩赞祖先。城高难阻胡骑踏，长城未倒几换天。手抚楼台评今古，始皇功过落笔难。

　　　　　　　　　　　　　　　　　　（李才　搜集整理）

# 王小背砖十八块

  驻操营镇辖区内的九门口长城上，有一个地方镌有"王小背砖十八块"七个大字。这七个字至今有几百年的历史了。这里的"王小"是何许人也？"背砖十八块"是啥意思？

  传说王小是山东人，十六岁那年，朝廷抓夫修长城，差派到他父亲名下。当时他父亲半身瘫痪，卧病在炕上，连自己都管不了，咋能去修长城呢？王小是个孝子，年纪虽小，主意挺多，就向管家报名顶替父亲。虽说父亲怕儿子吃不了那份苦，但又没别的法子应付官差，只好同意了。

  王小随着山东征来的民夫，来到修长城的工地，他拼命地干活，心想：早一天干完了，好早一天回家去照顾父母。这样，他很快就以"能吃苦干活多"出了名。可是，长城是一项规模宏大的工程，哪是十天半月就能修完的呢？总那样卖命地干，谁能受得了？没过多久，由于过分劳累，加上吃不饱饭，王小的身子消瘦了，体力不行了，好几次累得吐了血，昏死过去。监工的官兵哪管你死活，谁趴在地上不动弹，他就用鞭子抽谁。每次王小昏过去，都是让鞭子打醒的。

  一天，王小顶着毒辣辣的日头往长城上背砖，无意中把汗珠子甩到了跟着找茬儿的监工脸上。监工觉着这是晦气，就硬逼王小把三个人背的十八块砖，全背在他身上，而且要半道不歇，一口气扛上陡峭的山顶。十八块砖有多重？长城用的砖可比一般的民宅用的砖大多啦，十八块砖总共有五百四十斤！一个十六岁的孩子咋受得了？王小没法儿，只得把十八块砖背在身上，一寸一寸地向山上爬。爬到山顶的时候，他觉得嗓子眼一热，一连喷出三口鲜血，把面前的十多块砖染红了。他倒在地上，大口地喘着粗气，无力地望着家乡的方向，一句话也没来得及说，就闭上了眼睛。

第二天，在刚刚修起的那段长城上，出现了"王小背砖十八块"七个用刀刻下的大字。这是谁刻上去的？有的说，那是王小阴魂不散，自己刻下的。其实，那是几个民夫趁夜偷偷刻上去的。他们要永远记下王小的苦劳，要把自己对官家的仇恨留给后人。

现在，每当人们看到这里的砖刻，都情不自禁地想到了当年舍命修长城的千千万万个"王小"。

（孙树峰　搜集整理）

# 春儿坟里没春儿

在九门口长城的南山坡上，有一座土坟叫"春儿坟"。

春儿是位姑娘，为什么要给她修一座高大的坟墓，还立着一块大石碑呢？据说，春儿是长城守军的后代，她从小跟着父亲学了一手好剑法。在戚继光镇守蓟州期间，有一次敌人进犯九门口，春儿为了替壮烈牺牲在战场的未婚夫报仇，穿一身雪白的孝服，随九门口守军杀入敌阵。敌军见她是个俊俏女子，根本没把她放在眼里，成群结伙嘻嘻哈哈奸笑着向她围拢过来，企图把她生擒活捉带回去。没料到春儿轻身一跃，像一只白天鹅落入敌群，"唰"的一声抽出宝剑，寒光一闪，早有一颗敌头落地。又见她一旋身儿，围住她的那几个敌兵都被她砍倒在地。后边的敌兵一看这女子剑法精熟武艺不凡，再不敢轻敌，跟她拼杀起来，眨眼工夫，她又砍倒几个。一个骑马的敌酋长远远看到他的部下十几条命丧在这个女子手下，便悄悄拽开强弓，照准春儿的后心射来。春儿不防，利箭穿透了她的身体。春儿的身子摇晃了几下倒在地上。使人莫名其妙的是，春儿一倒地，敌酋长却惊慌失措地大吼了一声："撤！"上千名敌兵随即一溜烟儿地逃了回去。

守卫九门口的全体官兵为感激春儿的助战之举，很多人把自已眷属的金银首饰装入春儿的棺木，仪式隆重地把春儿埋在南山坡上。从此以后，士兵们年年为春儿烧香化纸。

有一年，巡防御使傅光宅来到九门口长城视察，听了春儿的事迹，为表彰她的英勇刚烈，亲手书了"劲节刚肠，贞欲凌霄"八个大字，命人刻在碑上竖于春儿坟前。

几年之后，人们又纷纷传说，春儿坟里并没有春儿。这消息很快就传到了镇守九门口的千总官耳朵里。千总官一琢磨，这还了得，是我向巡防御使傅大人禀报了春儿的事迹，傅大人才亲手题字命人为春儿树碑的。要是坟里没春儿，岂不是犯下了蒙骗上峰之罪吗？不行，一定要追根问底，看这消息到底从谁嘴里传出来的。他一声令下，手下的官员们便认真追查起来。追来查去，最后查出是从一个盗墓人嘴里传出来的。千总立刻下令把盗墓人抓来审问。盗墓人在严刑拷打下，只好说了实话："原来我也不忍心盗春儿的墓穴。后来，听守军眷属们说，这家陪葬了银镯，那家陪葬了翠耳环、金戒指。我穷得没法儿，就动了盗墓之心。有一天夜里，我挖开了春儿的墓穴，把棺木掏了个窟窿，用手往里一摸，除金银首饰等物之外，还有一支箭，连春儿的一根骨头也没摸到。"最后盗墓人发誓说："我要说半句谎话天打五雷轰！长官要实在不信可以掘开春儿坟验看。"千总官想来想去，还是以造谣惑众的罪名暂把盗墓人投入大牢。

也是合着该盗墓人不死。隔了半个月，敌人又进犯九门口，千总官立即率军出城迎击。正杀得不可开交，明军眼看招架不住之时，突然从敌军大队人马中杀出了一个身着雪白孝服的女子。她挥动利剑，左右翻飞，敌军一颗颗人头落地。敌首领一看到这个上次被他暗箭射死的女子，以为大白天活见鬼了，吓得真魂出窍，差点落下马来。他顾不得下达撤退的命令，调转马头就逃。他手下的兵顿时大乱。这时明军乘势冲杀上去，杀死敌军上百，还活捉了敌首领。据敌首领说，上次来犯时，他看到一个白衣女子一连杀死他十几名士兵，他想一箭把这个女子射死。眼看利箭击中了女子的后心，突然南山顶上出现了一个白胡子老头儿，老头儿把手里的拂尘轻轻一甩，那女子立刻不见了，他射出的那支利箭突然变成了白衣女子，摇晃了几下便倒在地上。这次战场上又出现了那女子，他哪里还敢再战。这时，千总官才信了那个盗墓人的话。

后来，春儿坟里没春儿的故事越传越远，一直流传至今。

（佟涛　搜集整理）

# 九道缸的传说

　　很久很久以前，板厂峪美丽的花城岭上住着一个名叫二小的年轻樵夫。他从小死了爹娘，靠打柴为生，过着孤苦伶仃的日子。他白天上山砍柴，渴了就喝口山泉水润润喉咙，饿了就采野果充充饥肠，闷了就坐在担上吹吹笛子。二小的笛子吹得可好听了，只要他悠扬的笛声一响，山中的百鸟都飞拢来围着他鸣叫欢唱，就连花草树木也伴着笛声翩翩起舞。笛声传到了西龙潭的龙宫里，龙王的小女儿听得着了迷，每天一听到笛声，她就浮出水面偷偷张望，一来二去的，对二小就产生了爱慕之情。

　　话说有一天，二小正在砍柴，耳边忽然传来了"救命、救命"的哭喊声，他寻声望去，只见一只叼鱼郎正叼着一条小白蛇朝他飞来。他急忙摘下弹弓射去，赶跑了叼鱼郎，救下了小白蛇。他小心地为小白蛇裹好伤口，带回家去将养。打这以后，奇怪的事情发生了，每天二小砍柴回来，家里都有香喷喷、热腾腾的饭菜等着他。一开始他还以为是哪位好心的邻居怜惜人，可一打听都不是。他心里很是纳闷，心想，我家缺米少菜，这些可口的饭菜到底是哪来的呢？于是他决心要弄个明白。

　　这一天，二小担起扁担假装去砍柴，等转过屋后他就躲了起来，一心想看个究竟。天刚晌午，就听灶间有了动静。二小扒着窗户缝往里一看，原来是个俊俏的大闺女正淘米做饭。他猛地推开门窜进屋里，一把抓住了大闺女，问她到底是人还是仙？大闺女听罢"扑哧"一乐说："二小哥，你别急，我一不是凡人，二不是神仙，我家住在龙潭，是龙王的小女儿。你在山中救了我一命，我这是在报恩哪。"二小听了满心欢喜，当天晚上两人就欢天喜地地成了亲。

自从小龙女离开龙宫，龙王就派人四处找寻，当得知女儿和凡人成亲后勃然大怒，他指天发誓，不拆散这对恩爱夫妻决不罢休。就在当天夜里，龙王发起淫威，天地顿时变了颜色，惊雷闪电围着二小的房屋轮番轰击。龙女见状慌作一团，她从衣兜里掏出一颗红色的珠子塞到二小手心，哭哭啼啼地对二小说："二小哥你莫怕，这是我爹找我来了，看来这回是躲不过去了。这颗火焰珠留给你，你千万记住，必要时吃了它前来救我……"没等她把话说完，半空中伸出一只鳞爪，把龙女活生生地抓走了。

二小眼见爱人被抓走，心如刀绞，悲痛欲绝，他追出屋门，发疯似的向龙王扑去。龙王冲他冷笑一声，口中念念有词，用手一指，花城岭上陡然冒出九道山冈来，把通往西龙潭的路堵了个严严实实。面对这九道又光滑又陡峭的山冈，二小使出了全身的本事也爬不上去，焦急中他想起了妻子的叮嘱，于是从怀里掏出了那颗又红又亮的火焰珠，一口吞了下去。工夫不大，火焰珠发作了，他感到浑身发烧口干渴，便趴到大川里，一口气喝干了满满一河水。他又感到全身奇痒难耐，就地打了一个滚。就在这一瞬间，他变成了一条独角巨龙，霹雷闪电似的腾空飞了起来。他挺着有力的独角，满怀仇恨地向着阻拦他的九道山冈撞击。只听天崩地裂的一声响，九道山冈硬生生地豁出一条大峡谷。他尾巴一甩一卷，又砸出了九个深潭。他左冲右突、乘风破浪地一直向龙王扑去。龙王敌不过他，只好举手告饶，把龙女乖乖地送回来了。二小和龙女团圆了，从此过上了幸福美满的生活。

就打这时起，花城岭上就有了九个水潭和九条瀑布。人们把这处风景名胜叫作九道缸。

（张义纯 搜集整理）

# 大猫山的传说

史册无载"大毛山"，当地却有神话传。

天降神猫灭鼠害，化作山峰在人间。

此处地名大毛山，不过，远望大毛山就像一只巨大的猫，当地山民们皆称其"大猫山"。传说原来这里没有那么多的山，是秦始皇修长城时，用神仙给他的"赶山鞭"从西北那边儿赶过来的山，所以这边儿就成了崇山峻岭，那边儿就成了大漠荒原。从前这里可富裕啦，果树满坡，肥田百顷，男耕女织，家家丰衣足食。可惜好景不长，被后来的鼠患给搅了。

有一年，不知从哪儿来了一对讨饭花子。行动作为像是两口子，模样长相就跟一个模子倒出来的似的，都是：圆耳朝上，凸睛邪光，撮嘴细牙，尖声细嗓，让人一瞅就腻歪。这俩人走东庄串西户，肚子混得溜圆。傍晚钻进村外一个山洞里住下就不走了。天底下老化子都这样：一个破篮子，两个豁子碗，人手一根棍儿，挑个麻袋卷儿，走遍天下都是家，今儿个住下明儿个搬。约摸着有个把月吧，不见了俩人的影子。打那以后，这里的耗子一年比一年多了。原来，玉皇大帝怪这里的百姓光敬祖先不拜神，就打发鼠星下界，要他设法惩治这一带的老百姓，叫他们知道神仙的厉害。鼠星就召来了耗子精，叫它们在这一带使劲造，惹出事来他兜着。那两个叫花子就是耗子精，它们在这儿一窝下了九千九百九十九个耗子仔儿，八千八百八十八个是母的。小耗子变大耗子、大耗子下小耗子，没几年的工夫，这里就鼠患成灾了。

头二年，大伙儿只觉得耗子渐多，只不过是播下的种子扒吃点儿，出来的苗不齐点儿，秋后，苞米啃点豁子，高粱掉点儿码子，白薯少点儿尖子，花生多点儿壳子。家里呢，也不过是犄角旮旯多了鼠洞眼儿，碗盘家什晚上响动多一点儿，囤内粮食米渐少点儿，换季的衣服破处多点儿。俗话说："花子要不穷，耗子盗不穷。"这算个啥呀，人勤快一点都补上了。

没承想耗子越来越多，越闹越凶，春天播下的种子连拱带扒，缺苗断垄花花哒哒，秋天更邪乎，嗑黄豆、扒花生、啃完菜心拱大葱，满地空壳穗无谷，忙活一年收三成。院内住房简直成耗子窝了，啃橱子，嗑板柜，咬衣服，撕棉被，饭盆子拉屎，菜碗里品味，被垛当产房，米袋当床睡，八仙桌上谈情说爱，祖宗龛内偷情幽会，敢和牛马争美食，小鸡小鸭当野味，闹得人畜不得安，四邻八舍听犬吠。它们是白天睡，黑夜忙，体育运动比挠墙，钻炕洞扒墙角，撕坏苇箔拱破房，四通八达洞连洞，进退自由随处藏。弄得家家户户一片狼藉，十有七八半载缺粮。几年的工夫让耗子闹腾得简直没法生活了。有的不得不舍弃住了多少辈子的故乡，迁到外地谋生。

这年春天，眼看又要下种了，好不容易藏着、盖着地留下点种子，真要叫耗子再给扒吃了，来年更没法过了。家家愁得直挠头，谁也没心思干活儿，老的少的蹲到门口，集到一块儿说家里受耗子气的事，都说："这耗子咋也治不了，堵鼠窟、灌鼠洞，养那么多猫，连个猫仔子也落不下，都叫耗子给咬死了。"这时，八十多岁的董老爹开了口："要说起猫来呀，听老辈子人讲过，天上有个猫神，专治鼠害。这猫神是王母娘娘的稀罕物，听说那神力可大了，大叫三声方圆百里耗子绝踪。"大伙儿一听都高兴了，齐声说："都到这份上了，死马就当活马医吧，咱们准备下供品求老天保佑，或许猫神下界，能救救咱们。"

第二天，全村男女老幼都集合在村东打谷场上，摆上了各种供品。董老爹带头烧了三炷高香，大家一起跪倒，口中祷告："求老天爷可怜可怜，大发慈悲，救救一方百姓吧！"

这一下惊动了观音菩萨。她掐指一算，知道是鼠精作怪，民不聊生，急忙找到玉皇大帝，请求派神降妖。玉皇说："我本意是让鼠神下界稍惩百姓不敬神之罪，不料它们肆意逞狂，胆敢咬噬襁中婴孩，犯了不赦之罪，就烦菩萨辛苦一趟，借用王母御猫下界灭鼠。"菩萨领了御旨，叩见王母，说明来意。王母说："这个畜生扑碎了龙王进献的'水晶宝灯'，三天前已锁进'万兽园'服罪，也是它的造化，正好叫它立功赎罪。"令宫中仙女领观音到万兽园，释放御猫。仙女闻听急忙跪倒说："娘娘素爱此猫，赐金盘玉碗，盘盛御食仙果，碗饮九天露浆，求娘娘将玉碗交与观音以备猫饮之用，增其神力。"娘娘应允。二人高高兴兴来到万兽园，令守门天狗星放出御猫。观音接过抱在怀中，告别仙女，降落人间。

那天晚上，家家做了一个同样的梦，梦见观音怀抱金猫，说是奉玉皇旨意，为救一方百姓，特派猫神下界灭鼠。第二天，人们不约而同地走出家门，往东岭上一看，只见金光耀眼，一只黄色大猫卧在金光之中。

大伙儿呼啦一下子全跪在岭下，恳求猫神显灵。可是足足跪到天黑日头落，猫神连动也没动。董老爹说："猫神必是饿了，光磕头，不上供，恐怕猫神不高兴，咱们家家都准备供品，诚心诚意地再求吧。"

第二天一大早，各家各户每人都捧出热气腾腾的供品，摆了一岭半坡，好家伙，真丰盛啊！香的有鸡鸭，腥的有鱼虾，包子、饺子、小米饭。顶嘎咕的，是小豆腐拌黄瓜。猫神只是晃晃尾巴，连头都没抬。老少妇孺足足跪了一天，猫神依然趴着不动窝儿。三天头上，观音菩萨以为猫神已经功德圆满，降落岭前准备召回猫神，回天庭交旨。她一看供品罗列，百姓跪倒一片，就对猫神说："我赐你三滴圣水，即刻奏功。"

猫神跪接咽了三滴圣水后，站立起来，抖一抖满身黄毛，立刻金光耀眼，伸伸腰，晃晃头，立即精神百倍，状如虎威，对观音一头点地："谢菩萨厚恩，刚才抖身之时，已落下身毛无数，借仗菩萨法力，每户送毛一根，各村之鼠，见之立避，皆逃户外，躲入田园地洞之中。待我运起神力天功，一声吼，鼠类魂惊，头脑发蒙。二声吼，鼠洞毕崩，群鼠争逃出洞。三声吼，倒地哀鸣，尸骨化灰，随风无踪。"说罢连吼三声，吼声震耳。野外群鼠，打成疙瘩，结成片，惊慌失措，见缝就钻。一会儿工夫，地面上连耗子毛也没有了。人们欢呼雀跃，高喊："感谢猫神！感谢观音菩萨！"那高兴劲就别提了。只见观音跳上半空，对着高大的猫神法身喊道："鼠害已除，功德圆满，请猫神速现原形，跟我回天庭交旨！"连喊三声，不闻回声。原来猫神借观音净瓶圣水之灵，强聚起真气，拼命大吼三声，震毙群鼠，力竭而亡，尸身化成了大山！

人们为纪念猫神，就将这座山叫作大猫山了。

（李才　搜集整理）

# 乾隆梦游白云山

　　白云山的名气来自山上的庆福寺。为什么？你到那儿一看就明白了。这里，神道佛都享受烟火。东有大雄宝殿，佛爷当家；西有玉皇殿，玉皇大帝说了算；前有三大菩萨护法；后有太上老君保驾，四大金刚把住殿门，二郎神、关大帝侍卫左右。在这群殿的下面不远处，还有一座姑子庵。登上白云山山顶，放眼看去，树郁郁，草葱葱，山下有四盘神龟拱对山门，南望渤海绿波涛涛，西看背牛、黄牛二顶祥云袅袅。要说这庆福寺为京东第一庙，谁也说不出二话来。

　　过去，白云山这地界归临榆县管辖。乾隆年间，有个叫钟和梅的在此任县令。这年秋天，他游了庆福寺以后，深有感触，就写了个奏折，向乾隆皇上报告了白云山庆福寺的情况。乾隆是个喜欢游山玩水、舞文弄墨的人。他一看奏折，心里就痒痒起来，一个劲儿猜测庆福寺的真实面貌。想得多了，这天夜里就做起梦来。梦里，乾隆带着纪晓岚和一班文武侍卫随从就来到了白云山下。抬头一看，一座宏伟的寺院壮观无比，只见山上朵朵祥云笼罩，寺里缕缕香烟缭绕。无数的善男信女，上来下去，摩肩接踵。乾隆一行攀阶而上，拜了佛爷拜玉皇，上完香，就前后左右、上上下下地观赏起景致来。爬到山顶，远看近看，山上山下的景致真与钟县令写的一模一样。乾隆一下子来了兴致，他望着云烟、香烟和山下农民打谷扬场阵阵飞起的烟尘，随口说出一个上联：

碧雪飞天，农夫齐唱《普天乐》。

吟完，眼睛看着纪晓岚。要搁往常，下联早就出来了，可是今天纪晓岚好像无动于衷。乾隆很不高兴，就催纪晓岚快对。只见纪晓岚向南方极目望去，慢慢悠悠地对出了下联：

青云接水，渔人竞歌《满江红》。

乾隆一听对得不错，恢复了笑容，又吟一上联：

脚下踩祥云，到此处应带几分仙意。

纪晓岚满腹才学，一般的联句难不住他。可是现在，却见他挠头搓手，一副苦费心思的样子，就是对不上来。乾隆很纳闷。就在这时候，忽然从身后传来一串银铃般的声音："这么简单的上联，还用挠脑袋？"乾隆回头一看，只见眼前站着一个少女。少女年纪约在二八，身着素衣，臂挎竹篮，秀发如云，明眸皓齿，粉面桃腮，亭亭玉立，正用轻蔑的眼神看着他和纪晓岚。乾隆仔细打量着女孩，眼睛有点儿发直：天下哪有这样美妙绝伦的女孩儿，分明是仙女下凡啊！要和这个女孩儿相比，宫里那些嫔妃们简直都成了枯草败叶。乾隆的魂儿快飞了，亏得纪晓岚捅了他一下，才回过神儿来。他笑着对少女说："小姑娘，你也能对句？"少女秀发一甩，微微一笑，十分自信地回答："那当然！"纪晓岚说："小小年纪，敢说大话，我们四爷可是联对制谜的顶天高手！"少女小嘴一撇说："你才说大话！看你年纪不小了，怎不知道天外有天？"纪晓岚说："既然如此，你就把四爷出的上联对上好了。"

少女说："这有何难，听着！"随口吟出：

眼前皆瑞气，坐定时必增一点善心。

乾隆一听，好啊！想不到这僻野山乡竟能生出这等美艳聪颖的女子，真乃山清水秀，地灵人杰啊！于是说："小姑娘，四爷我领教了。你敢不敢再与我对上几联？"少女一笑："那有什么不敢的？我们这地方有神仙护佑，人人都有灵气，刚一懂事就会吟诗作对。别看你们穿戴整齐，说不定一肚子糟糠呢，你要对就快点儿来，我还有事呢，可陪不起你们这样的闲人！"乾隆一看少女胸有成竹的样子，不敢大意，想出个难对的句子把她憋住。他看见不远处有一棵高高的古松，树冠在云霭中随风摇动，忽然想到自己乃一国之尊，虽然傲然于庙堂之上，但仍有可拜之人，今天又遇到这样的俏媚佳丽，于是高声吟出上联：

一寺金龙揖让，有情才得邂逅。

少女听了，沉思片刻，忽然看见从草丛中跑出一只兔子，从这边山头向另一个山头飞窜而去。她触动灵思，脱口说出：

双峰玉兔欢腾，无翅竟想翱翔。

乾隆一听，妙极了。他见满山青藤绿草被风吹动，发出沙沙的响声，似有百鸟轻鸣，便说：

翠草摇风，藏千只翠鸟。

少女一笑，指着周围群山上的松林，应道：

青松映日，显万盏青霓。

乾隆暗暗赞赏，此女果然不凡。这时候，山下有一个老和尚拄着手杖化缘回来。乾隆用手一指，吟道：

白云山下，烟云有无，拄杖僧归苍茫外。

少女随着乾隆指着的方向看去，忽然眼珠一转，也指着台阶栏杆边上观光赏景的人对出：

庆福寺前，晴雨浓淡，倚栏人在画图中。

乾隆心里惊喜，暗赞小丫头文思机敏。少女吟完，对着乾隆又是一笑："请恕小女子冒昧，老先生可否对我几联？"乾隆一听更高兴了，说："求之不得。小姑娘请出上联。"少女一指远山说：

山抹秋云无墨画。

乾隆笑着答道：

松敲春雨有声诗。

少女略一思索，捡起一颗石子，投入山下圣水沟里，激起一片水花。她吟出：

投石圣水，撼动千颗星斗。

乾隆挥了一下手中扇子，对天划了一圈，气昂昂地对道：

乘风麟阁，力挽万世乾坤。

少女指着山岩边上一棵枯树，咯咯一笑又说出一联：

山石岩前古木枯，此木为柴。

乾隆看这少女不但容貌俊美，而且天真无邪，性情纯朴，才思过人，心里越加喜爱，不由得心旌摇动，冒出一个邪狎的念头：要把此女纳入宫中，倍加宠幸，岂不是天下绝伦美事？心里想着，嘴里就说了出来：

长巾帐里女子好，少女更妙。

没想到，那少女当即变了脸色，柳眉倒竖，杏眼圆睁，指着乾隆说："看老先生道貌岸然，竟能口出如此轻浮之词，就不怕污了华丽的包装，脏了满肚子墨水？"乾隆忙着解释："小姑娘，我是当今皇上。我想请你进宫,去享受不尽的荣华富贵。"少女"哼"了一声:"你是皇上,我还是太上皇呢!"乾隆说:"我真是皇上。"少女说:"就你这轻薄之辈,还敢冒充皇上?当今皇上乾隆爷威名震四海,哪能像你这样无聊?"一句话问得乾隆满面通红,一时说不出话来。他看着集美貌、才华、执理、明义于一身的少女,就更想纳她入宫了。这时,他心情迫切,不顾礼仪,凑上前去要拉少女。少女一见,不由粉面变色,身形一拧,嘴里骂道:"好个不要脸面的老奴才,可惜了满腹才华!呸!"吐了乾隆一脸唾沫。乾隆一惊一怒,用手一抹脸,醒了。

乾隆回忆起梦中境遇,历历在目,白云山的峻逸壮美,庆福寺的肃穆恢宏,更有那少女的俏丽聪明,叫他心里一阵阵发痒。他想:既然梦中的景致与钟县令呈报的一般无二,那么,也就一定有跟梦中一样的少女。于是他决定亲自走一遭,以解心中的疑惑。

第二天,乾隆把想法跟宰相刘墉说了,但没说出查访少女的心事。刘墉说:"日有所思,夜有所梦,梦境岂可当真?依臣之见,千万去不得。那个地方我去过,不但路途遥远,而且非常艰险,得过深河,跨海洋,经傅水大寨,在柳江口下船,还要走八百里旱路。这八百里旱路也是处处险恶,步步艰辛。到了山下,更是叫人触目惊心。这白云山高千仞,险峻无比,要想上去,先过猴子倒仰,要拽着葛条一点儿一点儿往上爬,爬上猴子倒仰,再过鹰愁涧,才接近庆福寺。庆福寺建在山极顶,要进寺,得爬一千零八十级台阶,即使是青年人,爬到半截,也会眼昏心跳,一步一歇。如果踩登不稳滚下来,必有性命之危。这样的地方,纵有天大的奇珍异宝，您也不能擅动龙体去冒险。恕臣直言，您不去最好。"

乾隆在一般情况下最相信刘墉。他以为刘墉不会骗他，也不敢骗他，所以就打消了游山逛寺的念头。这样一来，就免去了一场劳民伤财的差事。

这也正是刘墉的本意。

（孙本荣　搜集整理）

# 古 刹 蛙 鸣

驻操营镇有一座山，一个耐人寻味的故事从古至今一直在流传。

很久以前，这山：白云缭绕，层峦叠翠，峰峻崖陡，林茂花香，溪水潺潺，青烟袅袅，诵经钟声，悠扬悦耳，飞禽争鸣，令人神畅，古刹林中隐，紫气贯太空。好一个人间仙境！

您道这是什么去处？此山乃白云山，这寺叫庆福寺。庆福寺以它的殿宇辉煌、气势轩昂、神佛灵验著称于世，因此被香客誉为"京东第一寺"。香客云集，鼎盛一时。

因何如此？缘于一只得道的金蛙在此修炼。

这一日，庆福寺来了一位年迈的施主，偕夫人与小姐前来朝拜降香。来者何人？乃兵部侍郎沈老爷。那金蛙认得沈老爷，便暗中陪伴、保护左右。临走，又送出山门。眼看车轮启动，正待转身归去。就在这时，那马不知因何受惊，一下子向山下冲去，任凭车夫拼命刹车勒缰也毫不济事，马车似离弦之箭，飞向山下，眼看要车毁人亡！就在这千钧一发之际，金蛙顾不得多想，救人要紧，别无他法，只有以命相救。说时迟，那时快，金蛙突然现身，飞奔车前，横在轮下。一场瞬间即发的大祸，又在瞬间被制止了。那些目睹这突发事件始末的善男信女们惊得嘴虽已张开，呼的字还没出口，事件的全过程已经结束，剩下的只是"呆若木鸡"的延续。

车夫掀起车帘，见夫人小姐安然无恙，老爷仍泰然端坐，闭目养神。于是，那马车重新启动，缓缓走下山去。

金蛙救人，美名传遍天下。看官如果细心观察，如今化成巨石的金蛙的背上有一道鼓起来的粗印，就是那次救主时被车轮轧出来的伤痕。还有金蛙那双眼睛，原来也不是往外鼓着的，也是那次救主时，用力憋着一口气，由于车速过快，冲击力过强，双眼被挤出眼眶，从此再也收不回去了，也就落下了如今的"青蛙眼"。

这正是：

金蛙救人事不凡，口碑无足天下传。
谁说善恶没有报，诸位留心看眼前。

金蛙救人后，回去照样修经炼道，一如既往，不在话下。

一日，来了两个贪心的掘宝之人，此行的目的就是要盗取那只金蛙，也好发一笔大财。他们边走边测，一丝不敢马虎，躲在不易被人发现的崖石后边，再次用罗盘确认了一下方位，便随着进香人群，潜入寺内。傍晚，他们找一个草深的地方躲起来，胡乱地吃了些偷来的供果，塞饱了肚子，看了看天，离三更还早，就蜷着身子，迷迷糊糊打起盹来。正睡着，忽然听到了清脆的蛙鸣，就在耳旁，二人同时惊醒，急忙竖起四只耳朵仔细一听，果然又一声蛙鸣，似乎比那一次更响更近。二人很是激动，心想，辛苦劳顿总算没有白熬，宝贝就要到手了，于是不约而同地操起家伙，循声追去。此刻，他们早已经忘了身居何处，心里只有一个念头，掘取金蛙，四周的一切全然不顾。

他们走着走着，突然觉得方位不对，停下来再听听，蛙鸣还在前面，就又循声追去。当他们追到一个土坎前，蛙声突然没有了，再一听，就在土坎下面。这二人急忙你一锹我一镐地刨起来。干了一阵，蛙鸣却又从前面石壁中传出，二人又急忙奔向石壁。就这样，追一阵，刨一阵，刨一阵，追一阵，不知折腾了多长时间，不知到了什么地方。黑暗中他们摸索了一下，觉得所在之处好像是不很开阔的一个地方，四周全是石壁，一个不太吉利的预感在他们心头一闪，这一闪的念头马上又被那诱人的蛙鸣所驱赶。这时，蛙鸣又起，好像蛙也多了，声也高了。二人以为是走进了金蛙窝里，心里越发高兴！

这里刨一刨，那边挖一挖，越刨越挖这蛙声越高，感觉金蛙越多，二人几乎被蛙鸣引诱得发疯了，最后他们那一刨一挖，就分不出个数了，就好像现在电视里的快动作。

就在这时，蛙声四起，万蛙齐鸣，响彻山谷，惊天动地。蛙声中饱含了一种震慑，一种威力。二人的心情也在急剧地受到感染，迅速地起着变化，由惊诧到疑惑，由疑惑到恐惧，由恐惧到绝望……那微弱的呼救声最终没能传出山谷。

第二天，居住在附近的人们相互传说着白云山谷蛙鸣彻夜的奇闻。

好些天以后，一位采药老人发现了那两具尸骨和掘宝工具。

这正是：

身外之物不可贪，人间真情是平安。

众生若都能如此，心宽如海乐无边。

直到今天，您如果到白云山游览庆福寺，游玩之余，以石击阶，仍可听到那悠扬清脆的蛙鸣。

（申丽颖　搜集整理）

# 白云山的骡子——瞎拽套

　　白云山一带流传着一句妇孺皆知的歇后语：白云山的骡
子——瞎拽套。其实，这话并无贬义，而是说瞎骡子对修建白云
山庆福寺的功德呢。

　　相传，圆真和尚在修建庆福寺之初，需要运送大量的木材和
水，却没有脚力，就到白云山后的东王庄化缘。他来到一位老员
外家说明来意。老员外一辈子积德行善，便答应给圆真和尚一头
牲口。他领着圆真到牲口圈棚让他挑选。圈里拴着十几头牲口，
正在吃草料，当圆真和尚走到跟前时，一头瞎骡子叼了叼圆真和
尚的袍袖，又冲他"咴儿咴儿"叫。于是，圆真和尚就选中了这
头瞎骡子，之后，向老员外稽首感谢，高高兴兴地把瞎骡子牵到
白云山上。老员外心中纳闷，他为啥挑一头瞎骡子呢？大概是有
佛缘吧。

　　再说这头瞎骡子，可真叫神了。它来到白云山上，好像回到
家里，对山路十分熟悉，每天到白云山后的小井驮运木料和用水，
来往山上山下，只要两边有人装卸，从来不用人来回跟着。这头
瞎骡子日复一日年复一年，起早贪晚地驮运建庙所用之物，从来
没有过闪失。说来奇怪，白云山后这口小井乃是东王庄的一口宝

井，不只供应建庙用水，还是圆真和尚从陕西化缘来的木料从地下水道运过来的出口。一头瞎骡子顶上十几个壮实的脚力，修建庆福寺的工匠们见了都感到十分惊奇。这头瞎骡子足足给建庆福寺拽了二十年套。当庆福寺即将竣工时，有个工匠看到瞎骡子还在驮运木料，就大声对瞎骡子说："真是一头瞎骡子，都完工了，你还驮什么呀？"瞎骡子听到这句话，感到功德圆满，口吐白沫，"扑通"一下卧在地上死去了。圆真和尚十分感念这头瞎骡子对修建庆福寺的功德，为它诵经超度，并隆重地安葬在白云山上，留下了有名的骡子坟。

后来圆真和尚羽化成仙云游四方。一天，他来到东北某督军府化缘，他不化斋不化钱，只化督军一面。圆真见了督军说："将军前身乃是白云山的瞎骡子，如若不信，请看你后背上尚有四个鞍花印。"将军半信半疑，回到督军府验看后，果不其然。等他出来寻找和尚时，人已踪影不见。

时过三年的农历四月二十八，正值庆福寺庙会，无数善男信女都到寺庙焚香祈祷时，忽然在骡子坟前惊现一位将军，他围着骡子坟转了三圈，又虔诚地三步一磕头直到庆福寺第三层殿，然后朝白云山后走了。

从此以后，白云山一带埋头苦干、不计名利的人越来越多了。

（郭永春　搜集整理）

# 圆 真 和 尚

　　明朝万历年间，京东一带风虫旱涝，连年灾患，真是皇上没福民遭难，哀鸿遍野苦连天。这一年，一场大雨过后，洋河又出潮了。每回发大水，都从上游冲下来不少东西，下游村庄里有那些胆子大水性好的，就到洋河里去打捞。这天，香营庄里的王老七又到洋河寻找外快。忽然，河心里漂下来一个大板柜，他以为这下子可来财了。于是纵身一跳，奋力向板柜游过去，费了九牛二虎之力，才把板柜拖到岸边。王老七迫不及待地打开柜盖一看，里头啥东西也没有，却有一个十来岁的小男孩儿。王老七心里说，这也是好事，救人一命胜造七级浮屠。他刚想把孩子抱出来，不想那孩子"噌"地一下从板柜里蹦出来，一溜烟地朝东跑了。

　　这年冬日的一天，王老七去黄土营办事，走到温庄西头，看见一个秫秸垛下躺着一个男孩儿。王老七挺奇怪，这地冷天寒的，谁家孩子在这儿睡着了？这不找病吗？他凑到跟前仔细一看，竟是夏天从洋河里救出的那个小子。只见这孩子破衣烂衫，小脸骏青焦紫。王老七一阵心疼，忙把孩子抱起来，走进对着秫秸垛的大门。这家主人也是心地善良，忙帮着把孩子放在热炕头上。

　　孩子醒了。王老七问他话，可他只是瞪着两只闪亮的大眼睛看着人，一声不吭。王老七把捞这孩子的经过说了。这家人打算收留这孩子。温庄的人们心眼儿都好，听说这家捡了个苦命孩子，都拿着吃的穿的来探望。就这样，这孩子就被一庄人轮流养了起来。可是这孩子有点儿隔路，他不愿接受乡亲们的接济。过了没几天，他就跑到村西的白云山上，白天采些野果野菜充饥，晚上不是钻进山洞，就是睡在荒坡，可就是不离开白云山。

转眼到了第二年冬天。这孩子到野地里去捡收割时丢下的粮食，因为连冻带饿，就倒在路边睡着了，等醒过来的时候，浑身都快冻僵了。这时候，一个肩胛骨上穿着铁链，后面背着一个大香炉的和尚来到跟前。出家人以慈悲为怀，和尚把孩子裹在怀里，待他暖过来之后，就把他带在了身边。原来这和尚是京都大理寺的天觉大法师。他把孩子带走，化斋投宿之余，就给他讲一些佛法上的道理。他说，勤苦是忏悔良途，人生一世，不为良相，亦为良医。为佛者，不做日光佛，也要做月光佛，要光照世人，普度苍生，并给孩子取名月光。

经过多日的熏陶，月光明白了，是白云山的乡亲救了他，是天觉法师救了他，因此他决定皈依佛门，普度众生。不止一日，二人相伴回到了大理寺。月光正式提出要剃度出家，并拜天觉为师。经住持方丈应允，当下择定吉时受戒。月光按请圣仪规安生沐浴，削去俗发，忏悔受皈，发愿宣戒，被赐法号圆真。

圆真自摩顶受戒后，自是朝暮诵课，勤苦事佛。二十年后，圆真不但修成精通佛法的大禅师，而且学成了精通医理的大药师，练就了治病救人的药师灌顶神功。

这些年，圆真始终没有忘记救过他的善良的乡亲，没有忘记养育过他的神奇美丽的白云山，经过反复思量，他决定自立门户，到白云山建寺修行，为白云山一带人们祈祷造福，于是请求师父准许他完成夙愿。天觉大师见他心诚志坚，当下点了头。自此，圆真来到白云山，甘作苦行僧，广施佛法，广结善缘，穷十年之功，终于在白云山上建起了一座恢宏壮观的寺院，取名庆福寺。圆真广收徒众，常教以治病救人之法。

一天，圆真下山，恰遇一家出灵。经打听，死者因家中用煤炭烧炕中毒而死。圆真见棺缝有白气溢出，便叫人停棺救治。启开棺盖，圆真运用药师灌神功，暗暗念动观音感灵咒，不一刻，死人复生。众人惊喜万分，皆念圆真功德。

驻操营街上有个不第的程秀才，为生计所迫，不得不卖些字画，无奈家中有瘫痪老母，自己又无家室，常常是顾此失彼。年复一年，连愁带累，就坐下了头痛失眠的病根儿。待老母亡故，程秀才已衰老不堪，病痛越发严重。他找了不少有名的医生诊治，但收效甚微。这一天，经人引荐，来到庆福寺找到圆真。圆真认真地给程秀才号了脉说："施主的病实在不轻，但请不要焦急，只要你按我说的办法去治，不久就可痊愈。"程秀才一听，大喜过望，忙问怎么治法。圆真说："你回去以后，栽上几株月季花，每天松土施肥以后，就俯身闻那花香。花开花落，你的病就好了三分。然后，你每天从农户家里要一顶最旧的草帽，要来后把帽子上的汗泥刮下来攒着，攒得越多越好。这汗泥里含有脑油汗精，对人大有益处，等你刮下一百顶草帽的汗泥，再来找我。我要用它做药引子。到那时候，我再给你开药方，保证药到病除。"

程秀才辞别圆真，回到家里，一切按照圆真的办法去做。月季花开了一闻，程秀才就觉得浑身轻松多了。又过了一百天，程秀才刮了半罐子草帽汗泥。这天，程秀才带着汗泥来找圆真。圆真给他号完脉，呵呵一笑说："程施主，你的病好了，不用吃药了。"程秀才一听，十分惊讶，忙问："师父，你不是哄我吧？我这多年老病不吃药怎么能好呢？"圆真说："你是为了治病，都忙忘了。你想想，这些日子你吃得怎样？睡得怎样？"程秀才一想，可不是吗，一顿三碗饭，一觉到天亮，可不好了咋的。他问："这是怎么回事呢？"圆真说："你老母有病，家里日子又拮据，所以你得了忧郁症。忧心伤神，肝不生血，血竭则命危。以前给你看病的医生都看对了，他们对你实话实说，就更加重了你的病情。我先说你有病，但能治好，就是想让你的心宽起来。叫你闻花，又叫你刮汗泥，就是叫你鼓起勇气，增强治病的信心。你治病心切，就对这两件事专心致志起来。心事专注，心无杂念，这叫治病先治心啊。现在你心情舒畅，肝脑健康，那忧郁症早就好了。"程秀才一听这一番解释，再三拜谢，高高兴兴地回家了。他把治病的事跟别的医生说了，医生们也都佩服圆真的医术高明。

圆真妙手回春的名声越传越远，到庆福寺烧香拜佛、求医讨药的人也越来越多。这天，圆真正在给一群病人依次诊脉开方，忽然一个穿戴体面的人急慌慌地来到禅房，进门就喊："师父，请你下山，去给我家老爷看看。"圆真正在给人号脉，他双眼微睁，柔声答道："请把病人带到这里。"来人说："我是县衙门的师爷，有病的是县太爷。他的病不能下轿！师父，你就快点吧！"圆真说："凡是到敝寺来的，除了香客就是病人。佛家以慈悲为怀，无论长幼尊卑，都是一视同仁，老衲怎能慢此急彼，为了一个老爷，冷落了这一堂人？请你转告老爷，除非卧床之疾，都要到禅房诊治！不知县老爷患的什么不能下轿的病？"师爷只好把老爷的病大略说了。原来老爷得了汗憋之症，一到夏天，别人热得汗流浃背，他却只觉浑身燥热，如火烧火燎一般，一滴汗也出不来，真是痛苦难当。圆真闭目想了一阵子，睁眼说道："这病能治。但必须亲自来看，不然，请恕老衲无能为力。告诉他，要亲自攀阶上山。"

师爷没办法，只好返回山下，向老爷禀报了圆真的话。老爷病痛难挨，无可奈何地下了轿，由两个轿夫挽着，爬上山来。他本来就燥热难当，经过攀阶一累，更觉难受，到了禅房，已经是有气无力。师爷叫圆真快给老爷看病，但圆真坚持排号就诊。其他病人看老爷难受的样子，都主动退后，把头号让给了老爷，圆真这才给老爷把了脉。圆真说："您这病是邪湿侵身，阻滞脉络，正如河道淤塞，水流不通，如不及时救治，性命危在旦夕。"老爷见圆真说得有理，忙说："老师父真乃神医。既然诊出下官病根，请师父快施神术，救我一命。"圆真说："您的病在百姓身上世所罕见，故老衲不备此药。"老爷急了："那可怎么办哪？"圆真说："治这病的药，老衲手头不备，但在白云山东岭有的是。"师爷在旁急着问："什么药，你快说，我马上带人去采！"圆真说："这种药名叫冰凌草，专治汗腺滞塞。但是最好现采现治，过半个时辰，药效减半，过一个时辰，药效只剩三分，倘若晒干备用，药效只存一分。这也是我不备此药的缘故。因此，病人必须亲自去采，采下当即嚼服。"师爷急了："这么热的天，老爷在轿里都受不了，怎能上山呢？真要出了危险，谁担待得起？"圆真说："此病只有此法可解，否则，神仙也难救。快去吧，救自己的性命要紧！"说完，拿出纸笔，画了冰凌草的形状，递给了老爷。

为了治病，老爷强忍痛苦，挣扎着站起来，在师爷和轿夫的搀扶下，顶着烈日，直往东岭去了。这东岭并不高也不陡，但只有一条羊肠小道，道边杂草荆棘丛生，很是难走，就是年轻小伙子爬上去，也得一个时辰。可怜老爷与其说是爬山，倒不如说是被人拖着上山。在一阵阵热浪冲击下，师爷和轿夫已是汗下如雨，气喘吁吁。三人拼死拼活地爬到了山坡，果然发现了一片一片的冰凌草。师爷拣着最大的薅两棵，送到老爷手上。老爷刚要接过，忽觉一阵头迷眼黑，口吐白沫，一头栽倒在地上。这下子可把师爷和轿夫吓坏了，两人使劲摇着老爷肩膀，嘴里大叫："老爷！老爷——"接着又是揉胸口，又是掐人中，可是无济于事。

就在两人束手无策、又急又怕的时候，奇迹出现了。老爷嘴里哼哼两声，身子动了一下，睁开了眼睛。过了半袋烟工夫，老爷汗毛眼儿大开，胶黏的汗水刷刷地冒出来，汗衫粘在身上，连地上都湿了一片。又过一会儿，老爷又哼哼两声，手拄着地爬了起来。他伸伸胳膊踢踢腿，觉着浑身无比舒服。他高兴地说："哎呀，汗出来了，身上不烫了，头也不疼了，这可真怪呀！"师爷也十分高兴，可他心里一打沉儿，说："老爷，那药你还没吃呢，怎么就好了呢？"老爷说："对呀！待会儿下去问问那老和尚，到底是咋回事儿！"

歇了一会儿，三人准备下山。老爷的病好了，就跟脱胎换骨一般。他神清气爽，再也不用搀着，脚步轻盈，下山一路，一直走在前边，不消一个时辰，回到了庆福寺。老爷问圆真："师父，你说那冰凌草治我的病，可是我没吃就好了！"圆真笑了。他说：

"您这当老爷的，出来进去都坐轿，风吹不着，日晒不着，再加上肢骨不动，肌肉不活，稍有不注意，自然就有邪气侵入，湿热淤积。对您这病，我也没有办法，但又不能见死不救，所以叫你出去晒晒太阳，活动活动筋骨，吸收一点天地阴阳之气。其实，那冰凌草根本不治您的病，我只是借它引您上山而已。蝼蚁尚且惜命，何况身为老爷的您呢？我要不说出个缘由，您能拖着病体上山吗？"老爷听了这话，脸一红说："老师父，原来我得的是懒病官病啊！以后可真要好好做人了！"

圆真谨奉佛法，施惠苍生，积下了无尽的功德。不幸的是，庆福寺惨遭一场大火，烧得柱折梁焦。此时，圆真已是年迈体衰，再也没有能力重振寺院，悲愤之下，离寺出走，谁也不知他的去向。

（冯敏　搜集整理）

# 铁瓦乌龙殿的传说

　　海港区北部上庄坨一带的大山里，有一处铁瓦乌龙殿的遗址，那是发生在明朝的一段故事，一代代从老一辈人的嘴里流传下来。

　　明太祖朱元璋的正宫娘娘姓马，马娘娘生了九个儿子。有一天，朱元璋问军师刘伯温："你看九个太子之中，哪一个能继承我的皇位？"刘伯温手捻须髯沉吟了一声说："可把九位太子叫上金殿，让他们随便玩儿，谁要是能盘着玉柱或是围着玉柱转，就可让谁继位。"朱元璋听了，当即就把小哥几个都召上金殿来玩儿。可是玩儿了半天，一个围着玉柱转的也没有。朱元璋心里很不舒服。

　　朱元璋还有个西宫娘娘，是他霸占来的。这位西宫娘娘原来是一个元帅夫人，长得特别俊美。朱元璋听说元帅夫人年轻貌美，天下少有，心里直作痒，最后竟起了坏心眼儿。有一天朱元璋召来那位元帅和他下棋，朱元璋说："今天咱们下棋赌个输赢。"元帅问怎么个赌法？朱元璋说："这盘棋我要是输了，我把半壁江山给你。"元帅一听，吓得忙跪在地上，问皇上要是为臣输了怎么办？朱元璋奸笑一声说："你要输了，就把夫人给我。"元帅听了，这哪像皇上说的话？当时气得头发根子都竖起来了，强忍住气说："君叫臣死，臣不敢不死。万岁既爱臣妻，可以。可是为臣要爱君妻呢？"朱元璋说："有灭门之罪！"元帅再也忍不住了，抓起棋盘，直向朱元璋砸过去。朱元璋一来要报这一砸之仇，二来怕元帅回去说三道四名声难听，三来为了把人家的夫人弄到手，当时就下令把元帅一家满门抄斩，把夫人抢到皇宫，强迫做了西宫娘娘。

西宫娘娘那时已经怀孕，她暗暗向天祷告：苍天有眼，保我腹中孩儿三年后再降生。结果她真怀孕三年六个月，生下个男孩。因成婚三年才生子，所以朱元璋一点儿也没怀疑这孩子是不是自己的根苗，并给取名朱棣，封为燕王。

再说朱元璋见那九个儿子谁也不围玉柱转，就宣召朱棣到金殿来玩儿。当时朱棣刚五岁，他一来到殿上就抱着玉柱玩儿起来了。朱元璋很高兴，决定让朱棣继承他的皇位。马娘娘知道了这件事，气坏了，可这是皇上的旨意，有啥办法呢？

就在小燕王长到十二岁的时候，正好北国犯境，告急文书一封连着一封传到京城。皇上召集满朝文武，商议破敌之计。大臣们你看我我看你，谁也没想出个好办法，谁也不愿出马迎敌。朱元璋愁得没法,后悔不该杀了那元帅。这时候,正宫马娘娘发话了："我看燕王文武双全，让他挂帅出征，准能马到成功。等他退了敌兵后，就让他接着镇守边关，几时胡子及胸，几时他再回朝。"朱元璋一听，也没细想，当即下了一道圣旨，让小燕王领兵出征。

消息传到了西宫，西宫娘娘知道这是马娘娘有意害自己的儿子，可又不敢抗旨。没办法呀，她就请军师刘伯温给拿个主意。刘伯温说："让燕王在圣上面前保举我同去，才能保小王无事。"

小燕王到了金殿，向皇上要求刘伯温随军出征，朱元璋答应了。小燕王照着军师的话，让谁当先锋，让谁押粮运草，都安排好了，然后自己率大军启程了。

大军来到河南郑州，刘伯温下令：所有的马粪搜集起来，留用三天。三天后，燕王一面派人向北国下战书，一面命令兵士把马粪全都倒在黄河里。这样一来，黄河里漂满了马粪。北国兵见了忙报告元帅。北国元帅察看了一下，不知大明朝来了多少人马，忙下令往回退。北国兵一退，燕王和刘伯温带兵就追，一直追到幽州才扎下大营。燕王知道一时回不了京城，就在刘伯温的帮助下重修了北京城。后来，听说老皇上朱元璋驾崩，刘伯温就在北京城保着燕王立了皇位。

小燕王特别想他的母亲，可是先帝有旨，几时胡子及胸几时回去。有一天，他把心事告诉了娘娘。就在他睡觉的时候，娘娘把自己的头发一根一根地拔下来，又一根一根地粘到了燕王的下巴和腮帮上。燕王一觉醒来，见自己的胡子已经及胸，乐得不得了，当即点了三千御林军为护卫，告别了刘伯温，马不停蹄赶回南京。

再说老皇上死了，由朱允炆继位，改国号为“建文”。昏庸的朱允炆不理朝政，光顾自己吃喝玩乐，弄得满朝大臣离心离德。这回燕王挂着皇上名分回来了，大家都知道他是先帝选定的继位人，人心就都向了燕王。

燕王听说自己的母亲已被马娘娘用烧热的铜床给烙死了，又疼又恨，就用铁床烙死了马娘娘。朱允炆怕他们哥儿几个也被燕王整死，就合计了一下，带了大批金银财宝和一批亲兵随从出逃了。

朱允炆带着自己的人马，一直逃到如今海港区北部上庄坨一带的大山里，他们见这里地势险要，就在此扎了营。他们招来了大批工匠，铸铁瓦，盖大殿。朱允炆和他带来的人都削发当了和尚。因为朱允炆当过皇上，传说皇上是真龙转世，所以那大殿就叫"铁瓦乌龙殿"。从那以后，这山里就住满了和尚。当时当地流传的一句话"有名的和尚三千六，无名的和尚赛牛毛"，说的就是那个情况。铁瓦乌龙殿对面有个山头，朱允炆派了两千五百个和尚驻守，这山就叫"两千五"山。

山里住了成千上万的人马，得吃、喝、用啊，就有不少生意人从四面八方来到这里做生意。山里还有个平坦的山洼子，长着不少苇子。那些生意人就割了苇子，盖起了房，围上墙住了下来。从那时起，那个山洼子就叫"苇子峪城"。那时那山沟狭窄进不了车，买卖人的车就都停在山外的一个地方集中起来，后来，这个地方就叫"车厂村"。

燕王在南京继了皇位之后，把皇都迁到了北京，改国号为"永乐"。他听说朱允炆在渤海北边临近长城的山里，就派一个老公公去请朱允炆，并说："你不把他请回来，你也就别回来了。"老公公果真找到了铁瓦乌龙殿，可朱允炆说啥也不肯回去，老公公没辙了只好回来。他走到半路上，寻思回去也没有好下场，就拐弯上了南山沟，在那里吊死了。这个山沟是车厂南面第三道沟，叫作"老公吊死峪"。后来，铁瓦乌龙殿的和尚全都死在山里，那座大殿的遗址还在，关于他们的传说一直在民间流传着。

（王小波　张义纯　搜集整理）

# 卸粮口的传说

你知道卸粮口吗？居住在本地的大多数人都知道，因为海港区东港镇就有一个卸粮口村。你知道这个村子为什么叫卸粮口吗？多数人也能知道，因为顾名思义就会想到这里是运送粮食的口岸。不过，运送粮食的事发生在遥远的古代，今日的卸粮口只是一个村庄，过去老码头的旧址早已无处可寻，如今，那里已经成为秦皇岛港的一部分。

据有关史料记载，在唐朝、明朝、清朝，卸粮口都曾承担过运粮任务，船只由渤海驶入村边的沙河，停泊在河边码头，岸边设有众多货位和仓库，可见当时这里是多么繁忙与兴盛。根据老年人讲述，过去村里村外共有七十二眼井，专供靠岸船只装载淡水所用。

这里还有一段充满浪漫色彩的传说呢。

话说唐朝贞观年间，有一年辽西方圆近千里大地赶上大旱，从上一年入了秋就没下雨，冬季也没下雪，来年从春种到了初夏，仍没见到一滴雨，老天爷像是和大地断绝了情谊，就是不肯洒下一丝雨露滋润土地。卸粮口处在重灾区，老百姓可遭了殃，虽说靠挑井水把种子埋到了地里，田里的禾苗就是长不出来，一年的收成眼看着就没有指望了。那七十二眼井被人一桶一桶地舀干了，不要说往船上送能喝的淡水，就连当地的人吃水都发生了困难。天哪，这可咋办哟？卸粮口的老百姓发了愁。有人可能要问啦，不是说村边有条沙河吗？不是沙河口建有码头，能靠船装卸粮食吗？您问得对，是有沙河，是有码头，可是，沙河连通着渤海，临近河口的水全是海水倒灌进来的，要想在沙河找到淡水，起码要冲着上游往北走，走出几十里地呢，而且因为大旱，据说那里的河床中也都见了不少干沙啦。

有啥好办法吗？那时候，人们的脑袋瓜基本上是被封建迷信那一套禁锢着，村里有几个上了年纪的人凑到一起，商量了大约一顿饭的工夫，最后做出了一个挺重要的决定：拜祭龙王爷，求雨！

那时的人都勤快，不像如今有的人，找工作都想剜门子捅洞托人干轻松活。村民们说干就干，当天傍晚做准备，第二天早晨就开始了拜祭龙王爷的仪式。全村能走路的人全来了，到村口那两棵老槐树下集合。每个人的手里都没空着，有拎桶的，有端盆的，有拿碗的，有捧瓢的，按老规矩这些家伙什里应该盛着淡水，可是，因为当时淡水实在紧缺，只能用海水代替了。好在龙王爷也管着大海，他老人家是不会嫌水咸的。家境好一点儿的拿来的是贡品，有猪头肉，有鲜果，有黏饽饽，有面条，有窝窝头，有烀白薯干，有豆腐。人们的穿戴打扮也多姿多彩，有穿红戴绿的，有描眉抹脸的，有肩披门帘子的，有头顶麻袋的。还有打着鼓的，敲着锣的，拍着镲的，有横吹竹笛的，竖吹喇叭的。好么，胜过了赶庙会，比过大年可热闹多啦，不信那龙王爷他老人家不动心啊。

最扎眼的是扮作童男童女的一对少年，俩人年纪都在十四五岁，是从村里挑出来的模样最俊的孩子。看他（她）们，五官端正、眉清目秀，身段苗条又挺拔，男穿一身白，女穿一身红，比得了皇宫里的武士，赛得过天宫里的仙女。让人看着稀罕，看着眼热。

看看村里人到齐了，一位老者发出了开拔的口令，于是，大家看似整齐其实是乱哄哄地出发了。路上吹吹打打，念念有词，沿途不断洒水，不大的工夫就来到了海边。人们把带来的贡品摆在海滩上，随后面向大海双膝跪下，童男童女在前，其他人在后。在那位老者的引导下，全体人员先是三叩首，然后齐声喊了一通"求龙王爷开恩，尽快降洒甘霖，润泽万物和子民"等好听又顺耳的话。至此，求雨的闹剧就算结束了。

人们回村之后，该干吗干吗了，就盼着龙王爷真的能开恩，尽快下雨，救一救田里的庄稼，灌满七十二眼井，要不，老百姓可咋活哟。直到晚饭时候，人们才发现少了两个孩子。

少了谁呢？正是那一对童男童女。

人们想起来了，临近晌午从海边回来就没人看见过他们。村里人担忧了，家里人害怕了，怕的是两个孩子真的被龙王爷看上了，掳进海底龙宫啦。天哪，咋办？还愣着干啥？快找吧！一时间，全村又乱了一场，比上午求雨可乱多啦。村里的各个庭院，所有的柴火垛，还有那七十二眼井里都找了，没有。村外的树林、河堤、码头、停泊的船只都找了，没有。再往远处就是海边啦，人们点着火把去了那里，如果再找不到，就剩下海打捞这一招儿啦。

其实，那一对童男童女哪也没去，一直留在海边。从求雨活动一开始，两个小家伙就相互瞅对了眼，一路上俩人先是不时地偷看对方，产生了那种只可意会不可言传的感觉。后来就眉来眼去暗送秋波，传送着爱慕之意。当大家乱哄哄地回村之际，他却在她眼神的示意下，趁乱故意落在后边。随后俩人手拉着手，钻到了岸边礁石丛的缝隙里，他（她）们从甜言蜜语到海誓山盟，谈得忘记了时间，忘记了肚子饿，更忘记了男女有别。谈得海鸥忽扇着翅膀，表达出了羡慕之意；谈得海浪喧哗声迭起，洋溢起嫉妒之情。谈渴了，谈饿了，谈困了，谈累了，最后，两位少年男女相依相偎着，依靠在石壁上进入了梦乡。

直到举着火把的人们搜索到了礁石丛里，发现了他们喊声四起，这对初涉爱河的童男童女才被惊醒。

"嘿——找到喽，他们在这儿哪！"

"快看哪，他们在干什么？"

"天哪，你们这是在干啥？要殉情还是想私奔哪？"

"嘿，堵了个正着哇，这两个小东西在私通啊！"

"来人哪，有好热闹看喽……"

有人看见童男童女搂在一起，不知是出于正义还是出于妒忌，发着狠地号叫了一通。随后冲了过去，将两个人连拖带拽地拉了出来。

也有心眼好的人挤上前来护住两个孩子，说："孩子找到了就好，谢天谢地，没出啥事就是万幸，可别吓着他们哪。"

童女的一个大伯冲着那位好心人叫道："你怎么知道没出啥事？有谁知道这小子对闺女干了什么？我看哪，快绑起来送官衙吧！"说完，就指使身边的几个年轻人去找绳子。

童男是个孤儿，几年前被一家村民收养了，他没有人护着，眼看着要吃亏。就在这紧急关头，小小的童女猛然把头一昂，眼一瞪，挺起胸膛开口说话了："你们谁都别瞎吵吵，我们不是猫在这儿干坏事的，是龙王爷把我们送到这儿，给我们托梦呢。哼，你们不但搅坏了龙王爷梦里的天机，还往我们身上泼脏水，当心要受到惩罚呀！"

嗯？众人听了这番话都直眼了，连童女的父母也泄了满身的怒气，那时候的人大多数都迷信，有谁不怕龙王爷惩罚呢，心里还真的发毛啦。

童男听了这话心领神会，立刻来了精神，他比童女更邪乎，先是仰天笑了一阵，随后稳住了阵脚："龙王爷已经传授了解除旱灾的办法，你们到底是想听不想听啊？"

当然想听啦，不少人呼啦一下围了过来，对童男童女表现出极大的敬畏。

还是童女的大伯胆子大，仍保持着满脸的威严，问道："说吧，龙王爷是咋说的？"

童男童女的目光对视了一下，两个人的信心更足啦，童男上前一步，说："大家可要听好，龙王爷说啦，如果人们按着他老人家说的去做，三天之内就下雨，旱灾自然解除，如果不按他说的去做，那么……会有更大的惩罚！"

"那你就快说呀，到底让我们怎么做？"有人催促童男。

"嗯……是这样的，龙王爷呀，他说……"

"我告诉你们吧。"看到童男说话有些迟疑，童女把话接了过去，"龙王爷说咱们下海打鱼手忒狠，把海里捞得所剩无几，不惩罚咱们一下，咱们不会长记性。他老人家要咱们禁海，整个夏天都要禁海。"

"孩子，啥叫禁海，嗯……还什么整个夏天哪？"童女的父亲不解地问。

"就是整个夏天不许下海捕捞！"这话几乎是童男童女一起说出来的。

"好好好，你们说的忒好哇。这么着，如果三天之内下了雨，我保证一夏天不让人下海捕捞。可是，如果三天下不了雨，那就是你们在说谎，到时候可别说收拾你们哪！"童女的大伯扯着高嗓门做出了最后的决定。

好心的人们长出了一口气，到底暂时过了这一关。可是，如果三天内不下雨呢？这两个孩子不是还得遭殃啊。想到这儿，又忧心忡忡了。

也许是天意，也许是龙王爷真的显神通啦，第二天中午时分，原本晴空无云，不知怎么就迅速聚拢了大团的云层，随着一声炸雷，豆粒大的雨点儿哗啦啦地砸了下来。整整下了两个时辰，七十二眼井满了，河道里的水涨了，人们心头的闷郁解除了。

村民们全都跑出家门，个个淋得像落汤鸡，却高兴得手舞足蹈，笑得最开心的是童男童女和他们的家人。随后的两天，每到午后都下一场雷阵雨，三天的大雨，旱情彻底解除了，那对童男童女更是被村民们奉为英雄。几天后，外边的消息传来，这几天的雨恩泽了大片的土地，东到辽河西岸，西至滦河东岸，包括北部山区，全都解除了旱情。这下卸粮口的人自豪了，是因为我们求雨才感动了龙王爷呀，这回得有多少人要感谢咱们卸粮口的人哪。然而，外地的人们却不买他们的账，因为当时面对旱情，不少地方的人都举办过求雨的活动，那里的人也认为是自己的祈求感动了龙王爷。

那年夏天，卸粮口的村民很守信用，整整一个夏季没有人下海捕捞。从此以后，再没有出现过严重的旱灾。夏季不捕捞的做法竟然在沿海的不少地区流传开了，直到今天仍有这么做的，并且有了新名词，叫"休渔期"。

如今，卸粮口那七十二眼井早已不见了踪影，也没人再相信求拜龙王爷的事了，只留下了这么一段从老一辈人嘴里传下来的故事。至于当年那对童男童女后来是否结为眷属？实在对不起，笔者没能搜集到确切的说法。

（纯铁　搜集整理）